花は運命(さだめ)に狂い哭く

―転性オメガバース―

SEIRA ONOUE

尾上セイラ

ILLUSTRATION ひゅら

CONTENTS

遠くから重く沈んだ鐘の音が聞こえた気がして、ユアンはペンを走らせていた手を止めた。

顔を上げると、室内に蝋燭がゆらりと揺らめく。

窓もなく、厚い石壁に阻まれたここには、外の音も滅多に聞こえてこない。

ユアンはひっそりと息を殺し、その微かな音色に耳を澄ました。

やはり、聞こえる。大小いくつもの鐘を時間差で打ち鳴らす、ダルレ王国の寺院の鐘の音だ。

法則などないように聞こえるが、寺院の鐘はそれぞれ何を知らせるかによって鳴らし方が細かく定められている。

もの悲しく、ゆったりとした間隔で打ち鳴らされるそれは、弔いの鐘。それも、ユアンの記憶が確かであれば、王族が死んだことを知らせる特別な鳴らし方だった。

つまり、この鐘の音は、ユアンの家族の誰かが亡くなったことを知らせているのだ。

——一体、誰が……。

不安が胸の奥からこみ上げてくる。

ダルレはここ数年、隣国のマーハトヤ王国との諍いが絶えず、加えて自然災害にも見舞われるなど、情勢が安定していない。

もし、亡くなったのが国王である父や、王太子の兄だったら、マーハトヤはこの好機を逃さないだろう。

　ペンの先からインクがぽたりとしたたり落ち、書きかけの手紙に黒い染みを広げていく。居てもたってもいられなくなり、ユアンはペンを置くと椅子を蹴るようにして立ちあがった。

「誰か！」

　声を張り上げ、固く閉ざされた扉を数度叩く。しばらく待っていると、人一人通るのがやっとのにじり口の閂が外され、若い男がするりと中に入ってきた。

　この塔に閉じ込められてからずっと、ユアンの世話をしているヨラだ。年は自分よりもいくつか上だろう。整った容姿の男だが、その美貌は人形じみていてどこか冷たく、得体の知れない不気味さがある。

「お呼びですか、ユアン様」

　胸に手を当て、九十度腰を曲げて頭を垂れるという、ダルレの王族に対する最敬礼をわざとらしくするヨラを、ユアンは冷めた目で見つめた。

　過度に慇懃なこの態度からも、ヨラがユアンを見下していることは察せられる。

　この国の第二王子である自分に、臣下のヨラがこのような態度を取ることなど、本来なら許されることではない。

そう、――本来なら。

大陸北部の山奥にある少数民族国家、ダルレ王国には、絶対的な身分・階級制度が存在している。下の者が上の者に礼を失するのは最大の侮辱であり、それが王族であった場合、不敬罪に問われ、投獄されることも少なくない。

以前なら、ユアンもヨラの態度を厳しく咎めただろう。しかし、今の自分の微妙な立場では、どんなに無礼な態度を取られても、黙っているしかない。

悔しさを押し殺し、ヨラの不躾な視線を真っ向から見返す。

自分を取り巻く全てが変わったのは、三ヶ月前のことだった。

恐ろしい変調は、緩やかにユアンを襲った。

初めはただ、風邪の症状にも似た発熱と目眩だけだった。だが、ユアンを診察した医師の顔色は、みるみるうちに紙のように白くなった。

告げられた言葉の意味を、ユアンは今でも信じられずにいる。

何が起こったのか――理解が追いつくより先に、ユアンはまるで犯罪者のように全てを取り上げられてここに幽閉された。

あの日から、外界を知ることも、ヨラ以外の人間と話すことも、禁じられたままだ。

「この弔いの鐘は、誰のものだ」

「外の世界のことは、話してはならぬ決まりでございます」

ユアンの問いに表情も変えず、ヨラはそう答えた。

もう何度聞かされたか分からないお決まりの台詞に、ユアンは眉根を寄せる。

話してはならぬ決まり。ヨラは何を聞いてもそう言うばかりで、頑なに口を閉ざす。

家族の訃報すら、自分には知る権利がないのだろうか。

知ったからと言って、今の自分の立場で、葬儀に参列したいなどと我が儘を言う気はない。ただ家族の身を案じ、何が起こっているのか知りたいだけなのに。

苛立ち、部屋の中を歩き回りながら、ユアンはヨラを睨み付けた。

「父上のご命令通り、私はこの三ヶ月の間、大人しくここに幽閉されていた。それなのに、家族に何があったのかすら、知ることができないのか？」

「私の口からは、何も申し上げられません」

繰り返される冷たい言葉に、こみ上げてくる怒りをぐっと呑み込む。

「父上と兄上はご無事なのか」

聞き方を変えると、ヨラは少し考えるような間を開けてから、「ご心配には及びません」と答えた。

「……ならば、父上か兄上にお会いしたい。お前が話せないというのなら、直接聞く」

低い声で促すユアンに、ヨラは目を眇めた。自分を小馬鹿にしているような目つきが、ユアンの苛立ちを一層募らせていく。

「国王陛下にも、王太子殿下にも、お目通りはかないません」

「なぜだ」

「何故？　ユアン様はもはやアルファではなく、オメガになられた身でございます」

オメガ、という言葉をわざわざ強調しながら、ヨラが言った。

アルファから、オメガへの転性。

それこそが、ユアンがここに幽閉されている理由だった。

この世界の人間は、誰しも二種類の性別を持っている。

一つは、「男」と「女」という性別。そしてもう一つが、「第二の性」と呼ばれる、「アルファ」「ベータ」「オメガ」という性の分類だ。

人口の一番多くを占めるのはベータで、これは要するに第二の性を持たないと言ってもよく、身体的に「普通」の人々のことを指す。

一方で、アルファとオメガはかなり特殊だ。

人口の三％ほどしかいないと言われているアルファは、只人では到底及ばない優秀な頭脳と肉体を持っている。自然な成り行きではあるが、アルファは王族や貴族などの支配階級に固まっており、稀（まれ）に庶民から出たとしても、支配階級に成り上がっていく者がほとんどだった。

そして、更に稀少なのが、オメガである。

人口の僅か一％に満たないオメガは、男であっても子供を孕める子宮を持ち、人間にはないはずの「発情期」がある。発情期が来ると、オメガは「誘引フェロモン」と呼ばれるフェロモンでアルファを誘う。子孫を残すために、強い「雄」のアルファと番おうとするのだ。

その強力なフェロモンに、アルファは逆らえない。

子孫を残すことに特化した身体。

アルファの理性を失わせ、狂わせる、オメガのフェロモン。

未知なる者への恐れなのか、それともその獣のような生態が故か、オメガは忌み嫌われ、この大陸のほとんどの国で一番下位の身分に位置づけられている。

ダルレ王国でも、オメガは「アルファを堕落へと誘う悪」であるとされ、家畜以下の扱いを受けている。

支配階級に、オメガはいない。それは暗黙の了解であり、ダルレでは仮に王族にオメガが生まれたとしても、闇から闇へと葬られることがほとんどだった。

三ヶ月前まで、ユアンは確かにアルファだった。

身体は他のアルファよりも華奢だという自覚があったが、それを補ってあまりある頭脳と体力を持っていた。オメガの誘引フェロモンも感知できたし、軽くではあるが、フェロモンに誘発されて発情した経験もある。

そんな自分が、オメガに変わってしまったのだ。

理解しろと言う方が、難しい話だった。

ダルレの最高位にいる医師達が持てる知識を総動員しても、ユアンの転性の理由は判明しなかったと聞く。

もっとも、本当に彼らが原因を調べたのかどうかは、ユアンには知る術もない。

転性が発覚してすぐに有無を言わさずここへ閉じ込められ、自分で原因を調べることすら、許されなかったからだ。

分かっているのは、ユアンを診断した医師から聞かされた、「一千万人に一人という稀少な確率で、アルファからオメガへの転性は起こりうる」という事だけだった。

「……最下層の身分のオメガは、国王や王太子には会えないと？」

苦々しい思いで聞く。

「さあ、ご身分のことは、私には何とも。ですがユアン様のような転性オメガのフェロモンはとても強力だということですから、間違いを起こさないためにも、お目通りは禁じられております」

「父上や兄上が、血の繋がった家族相手に、それも発情期でもないのに、自制できないとでも言うのか？　私とて、元はアルファだ。オメガのフェロモンがどんなものかくらい、分かっている！」

「では、万が一があったらどうするのです？　ダルレでは、同性間での性交渉も、近親相姦も重い罪に問われます。王族の方々とて例外ではないことは、ユアン様もご存じでしょう」

呆れたように言われて、ユアンは黙った。

オメガの誘引フェロモンは強力で、血縁関係があろうと、相手が同性であろうと、容赦なく発動する。ヨラの言う通り、万が一の事故がないとは言い切れなかった。

深いため息をつき、ユアンは力なく椅子に腰を下ろした。

「……もういい。下がれ」

酷く疲れた気持ちで手を振ると、書きかけだった手紙に向き直る。

親友のルキアスに宛てた手紙だった。

何度も何度も書き直した手紙を目で追っているうちに、ふいにどうしようもない絶望感に襲われて、ユアンはそれをぐしゃりと握りつぶした。

何通書いたところで、幽閉されている自分の手紙など出してもらえないことは分かっていた。それでも、書かずにいられなかったのだ。

不安な気持ちを吐露(とろ)できる相手は、ルキアスしかいなかった。

机の上には、書いては丸めた手紙の残骸がいくつも転がっている。

激情に駆られ、それらを乱暴に机の上から払い落とし、ユアンは三ヶ月前よりも痩せた指を銀細工の箱に伸ばした。

そっと蓋を開け、大切にしまってあるルキアスからの手紙を取り出す。

手紙を開くと、ルキアスの力強い筆跡が、少しだけユアンの心を落ち着かせてくれた。

何度も何度も、すり切れるほど読み返した手紙を、ユアンはゆっくりと目で追った。まるで会話を楽しんでいるかのようなルキアスの文章に、知らず口元に笑みが上る。

十六歳の時に、留学先の同級生として知り合った当初、ユアンは彼のことをあまり快く思っていなかった。「大国の王太子」として特別視され、碌に学校にも出てこずに遊び呆けていたからだ。

だが、腹を割って話してみると、ルキアスは真面目で勤勉な一面を持っていた。

明るくて行動力のあるルキアスと、物静かで内にこもる性格の自分とは、性格こそ真逆だったが、不思議とウマが合った。

自然と共にいる時間が増え、それから唯一無二とも思える親友になるまで、そう時間はかからなかった。

運命とも言えるあの出会いから、五年が経つ。

帰国してからも月に二度は手紙のやり取りをしていたのに、突然音信不通になった自分を、ルキアスは心配してくれているだろうか。

手紙を運んできていたルキアスの鷹、ログは、自分を見付けられずに困っていないだろうか。

沈んだ気持ちで、ユアンは銀細工の箱から、宝石の連なる首飾りを取り出した。中央に輝く碧の宝石は、ルキアスの目の色とよく似ている。見つめただけで相手を魅了する、意志の強い碧の目だ。

――旅のお守りに、これを。

国の事情で、予定より一年早く帰国することになった自分に、別れの日の朝、ルキアスはこの首飾りを差し出してきた。

生まれた時に祖父母から授けられたという首飾りは、ルキアスが肌身離さず身につけていたものだ。

――そんな大事なもの、もらえない。

ユアンが首を振っても、ルキアスは頑として譲らなかった。

――どこにいても、お前が苦境にあるときは必ず助けに行く。万が一のことがあっても、これがあれば目印になる。だから、俺の代わりにこれを持っていてくれ。

思い詰めたような顔で言って、ルキアスはユアンの首に、半ば強引にこの首飾りをかけた。

――ルキアス、でも。

――ユアンだから渡すんだ、離れても変わらない、唯一無二の友情の証に。

ダルレ王国では、肌身離さず身につけていた宝飾品を贈るというのは、求婚を意味する。

ルキアスはそんなダルレの風習を知らないだろうし、そういう意味ではないことくらい分かってはいたが、ダルレの文化の中で育ったユアンにとって、ルキアスの首飾りを受け取るのは、戸惑いが大きかった。

首飾りを受け取った瞬間の、どこか背徳的で、こそばゆいような気持ち。

しかし、それと共に、不思議な安心感が心に広がったことを、ユアンは今でも鮮明に覚えている。

大切な首飾りを預けようとしてくれるルキアスの信頼が、とても嬉しかった。

――……ありがとう。大切にする。

戸惑いを振り切ってそう答えると、ルキアスは一瞬泣きそうな顔になり、それを取り繕うかのようにいつもの太陽のような明るい笑顔を浮かべた。

船の出航ぎりぎりまで別れを惜しんで抱擁し合ったことも、船の上から、お互いが見えなくなるまでその姿を目で追ったことも、まるで昨日のことのように思い出せる。

ルキアスは王太子で、自分は第二王子。大国と小国という差はあれど、お互いに王族である以上、留学が終わってしまえば、そう気軽に会えなくなることはよく分かっていた。

けれど、こんな風に、二度と会えないかもしれない未来は、想像だにしていなかった。

ルキアスに会いたかった。

ルキアスなら、オメガになった事を打ち明けても、きっと態度を変えずにいてくれる。

ユアンの不安に寄り添い、一緒に解決策を探そうとしてくれる。

だが、今のままでは、ルキアスに会うことはおろか、安否を知らせることすら、自分にはできない。

一体いつまで、ここにこうして囚われていればいいのか。

まさか、死ぬまで――？

鬱々(うつうつ)とした気持ちで考え込んでいたユアンは、机にコトリと椀が置かれたのを見て顔を上げた。

いつの間にか側に立っていたヨラに、背筋が寒くなる。

「……下がれと言ったはずだ」

動揺を隠しきれないユアンに構わず、ヨラは手を上向けて椀を勧めた。

中には見慣れた白い液体が入っている。

「そろそろ発情期が始まります。念のため、お薬を」

「……まだ先だ。必要ない」

「いけません。何かあっては困ります、万が一のことを考えて、お飲みくださいませ」

飲むまで側を離れなさそうなヨラに、ユアンはため息をついた。

どういう経緯で自分に付けられたのかは知らないが、ヨラは以前、王室お抱えの優秀な薬師だったのだという。

ヨラが調合する抑制剤は確かに効きがよく、一度目も二度目も、発情期の熱にはさほど苦しまずに済んだ。

あまり信用できないこの男の、唯一信用できるところといえば、薬師としての腕だけだ。

ユアンとて、発情期の熱には苦しみたくない。

仕方なく手を伸ばして椀をとり、ユアンは一気に薬を流し込んだ。

飲み込んでから、ふと、何かがおかしいことに気付く。

いつもと同じ味の中に、ほんの僅か、知らない甘みが溶けている。

そう思った時だった。

ずくりと下腹が疼(うず)き、足元から腰、そして背中に向かってぞわぞわと、まるで子蛇が這い回るかのような気味の悪い感覚がユアンに襲いかかってくる。

「……っ」

思わず胸元を掴んで、ユアンは唇を震わせた。

甘ったるい熱がじわりじわりと身体中を這い、急激に体温を上げていく。

これは、発情期の熱――。

そう気付いたのと同時に、身体の奥からどろりと熱いものが湧き出し、あらぬ場所をぐずぐずと濡らし始める。

まるで荒波に襲われるかのように、身体のコントロールが利かなくなっていく。

まだ先だったはずなのに、それも、今抑制剤を飲んだばかりなのに、何故急にこんな事になったのだろう。

——まさか。

ユアンは傍らに立つヨラを見上げた。

無表情に自分を見下ろしていたヨラが、ルキアスの首飾りを手に取る。蝋燭の光を反射して、碧の石がキラキラと輝く。

「……あなたは幸せなオメガだ」

独り言のようにそう呟くと、ヨラは首飾りを懐に入れ、踵を返した。

追いかけることも、声を上げることもできないまま、ユアンは呆然と扉が閉まるのを見ていた。

ダルレ王国の首都ドゥルカは、一年中夏のような国から来たルキアスにとっては、肌寒さを覚える気候だった。空は高く、鮮やかな青色をしていて、空気もきりりと澄んでいる。

自国アフタビアとはまるで違い、灼熱の太陽もなければ、土埃の舞う乾いた風もない。静謐で、夢のように美しい国だと、ルキアスは思った。

——ダルレに来るなら、春がいい。ユナの白い花がとても綺麗なんだ。

そう言ってはにかんだ親友、ユアンの顔が脳裏に蘇る。

奇しくも、季節は春。

ユナの花は、聞いていた通り、大きく広がる枝に八重の小さな花を沢山つけている。大木を覆うほどに咲き誇り、風に揺れてヒラヒラと散っていく花びらは、手を伸ばしたルキアスの指先をすり抜け、儚く地面へと落ちていった。

ただ親友を訪ねてきただけだったら、きっとこの国の美しさに胸を打たれただろう。けれど今は、目に映るもの全てがただもの悲しく見える。

こんな形でダルレ王国に来ることになるとは、想像もしていなかった。

うつろな目で、ルキアスは静かに散りゆく白いユナの花びらを追った。

馴染みのない異国の寺院は、静かに項垂れる群衆と、彼らが身に纏っている黒で埋め尽くされている。

そして自分も、アフタビア王国王太子として、喪章の着いた黒衣を身に纏っている。

これが本当に現実のことなのか、ルキアスには分からなかった。

二週間前に、ダルレの使者から告げられた彼の死。

あの日から、夢であればいいと幾度も願った。

ここへ来るまでは、きっと何かの間違いだと、そう強く信じていた。

だが、ダルレへ来て、ルキアスの希望は絶望へと変わった。

至る所に掲げられた半旗と喪章に、もはや信じることは叶わなくなってしまった。

ユアンは自分を置いて、黄泉(よみ)へと行ってしまったのだ。

やがて、ユナの木が等間隔に植えられた街道を、黒い棺(ひつぎ)がゆっくりと上ってくるのが見えた。周囲のすすり泣きが大きくなり、もの悲しく聞こえる鐘の音が、死者を迎えるべく鳴り響く。

王宮と寺院を繋ぐ道を静かに進んでくる葬列を見つめながら、ルキアスはこみ上げてくる悲しみをぐっと腹の底に押し込め、喪服に縫い止められた国章に、そっと手を当てた。

街道に並んだ衛兵が、亡き王子へ最敬礼の姿勢を取る。

ユアン様、ユアン様と参列者から悲痛な声が上がる。

その声を聞いた途端、知らず、目頭が熱くなり、唇が震えた。

「……ルキアス様」

従者であり、乳兄弟(ちきょうだい)でもあるアーロが、背後から心配そうに声をかけてくる。

構うなと手の動きだけでアーロに伝え、何とか心を落ち着かせると、ルキアスは顔を上げた。

自分は大国アフタビアの王太子。人前で涙を見せるのは恥になる。

だから、どんなにつらくとも、平気な顔をしていなければならない。

たとえそれが、唯一無二の親友の葬儀であったとしても。


明日の火葬の前に、ユアンと最後の別れをしたいというルキアスの願いは、夜も更けてからようやく叶えられた。

葬儀や結婚式など、国賓が集う場は、その本来の目的よりも外交が重視される。

国を代表してきている身でもあり、大国アフタビアの王太子という立場上、ルキアスはダルレ側の用意した清めの酒席への出席を余儀なくされ、それが終わった後は父の名代としていくつかの国と会談をこなさなければならなかった。

親友の葬儀だというのに、こんな時間まで、その死に向き合うことも、ゆっくり悼むこともできないままだった。

静まりかえった寺院の中は、数本の蝋燭が灯されているだけで、暗く、うら寂しい。

今夜が最後の別れになるはずだが、ユアンに寄り添い夜を明かそうという家族は一人もいない。

すすり泣く民とは対照的に、涙もなく葬儀に参列していたダルレ王家の人々を思い出し、ルキアスはやりきれない気持ちになった。

　ゆっくりと寺院の中を進み、祭壇の前で足を止める。

　厳重に施錠された黒塗りの棺には、白地に黒の細かい刺繍が施された大きな布が掛けられ、その上にユナの花が枝ごと供（そな）えられている。

　この中に、ユアンが眠っているのだ。

　ルキアスはそっと棺を撫でると、その場に膝を突いた。

「ユアン……」

　呼びかけても、返事はない。

　瞳から涙が零れ落ち、静かに頬を滑り落ちていく。

　今、ユアンが自分を見たら、きっと呆れたような顔で「王太子が涙を見せるな」と言うのだろう。

　自分にも他人にも厳しく、常に凛（りん）としていたユアン。

　曲がったことが嫌いで、他人におもねることを知らず、間違っていると思ったらすぐにそれを口にしていたせいで、留学先の学園ではやや遠巻きにされていた。

　たかだか小国の王子のくせにと陰口を叩く連中もいたが、ルキアスはユアンのその真っ直ぐな性格が好きだった。

　ユアンは、大国の王太子である自分を特別扱いしなかった、唯一の人間だ。

ユアンと過ごしていると、時を忘れた。

意見が合わずに言い合いをしたのも、協力し合って課題をこなしたのも、まだたった二年前のことなのに。

「……嘘だと、言ってくれ」

囁いた声が、寺院の暗闇に吸い込まれていく。

死に顔を見られないせいか、どこかからユアンがひょっこり姿を現して、戸惑ったように「何でここにいるんだ?」と言いそうな気がした。

せめて一目だけでもユアンの顔を見たかったが、その願いは聞き届けられなかった。

ユアンは伝染病で亡くなったという。他者への感染を防ぐため、棺はこのまま開けられることなく、明朝、日の出とともに火葬されるらしい。

また会おうと約束し、抱擁を交わしたアルワド共和国の港を思い出す。

船が遠ざかり、ユアンの姿が見えなくなっても、ずっとその姿を目で追い続けたあの日。

まさか、あれがユアンの姿を見る最後の日になるとは、誰が予想できただろう。

本当に、この重厚な棺を隔てた今が、ユアンとの最後の別れになってしまうのだろうか。

そんなことは、耐えられない――。

衝動的に棺の蓋に手をかけたとき、後ろからぐっと腕を引かれた。

「ルキアス様。いけません」

それまで黙ってルキアスに付き従っていたアーロが、厳しい顔つきで、ゆっくりと首を振る。

学園でユアンと共に過ごした三年の間、従者のアーロもまた、兄のように、時には友のようにユアンと接してきた。その悲しみは同じにちがいない。それでも、アーロは気丈に自分の職務を全うしようとしている。

「さあ、殿下。ユアン様にお別れを」

目の縁を赤く染めたアーロに促され、ルキアスはようやく冷静さを取り戻した。

時を止めておくことはできない。もう一度、棺を撫でる。

別れを告げようと唇を開いた、その時。

近くで、ゆらりと空気が揺れた。

はっとして、瞬時に身構える。

いつからそこにいたのか、どうやって入ってきたのか。暗闇に紛れるようにして、男が一人立っていた。

「誰だ」

アーロの誰何(すいか)に、男は両手を広げて敵意がないことを示し、「お静かに」と囁くような声で言った。

「怪しい者ではございません。ある方の命を受けて参りました」

男は用心深く周囲に目をやった。

「秘密裏に、どうしても、殿下をお連れしたい場所があるのです。そこで、私の主人が待っておられます」

「主人、とは?」

うさんくさい男の目を真っ直ぐに見返しながら、ルキアスは問う。

「ここでは、お名前は申し上げられません。ですが、殿下が今一番お会いになりたい方でございましょう。これに見覚えは?」

男が手にした物を見た瞬間、ルキアスの胸が激しくざわめいた。

いくつもの宝石が連なる首飾り。元々は、「お守りに」と自分が祖父母から授かったもの。そして、一生続く友情の証として、ユアンに贈ったはずのもの。

「何故それを、お前が持っている?」

「主人から預かって参りました。これを見れば、殿下は話を信じてくださるはずだ、と」

「……それの持ち主はもう、この世にいない」

「殿下」

男は静かに首を振ると、ルキアスを正面から見つめた。

声を出さないまま、男の唇がゆっくりと言葉を紡ぐ。

——生きておられます。

その言葉の意味を理解した途端、ルキアスの心臓が早鐘を打ち始める。

生きている？　ユアンが？

本当かと叫びそうになったルキアスを手で制し、男は再び何かを警戒するように周囲に目をやった。

「さる事情から、殿下を主人の下へお連れすることは、誰にも知られてはなりません。うさんくさいことを申し上げていることは、重々承知しております。その上で、お願いいたします。私のことを信じて、ついてきてくださいませんか」

感情の読めない男の顔を見つめる。

何かの罠か、それとも、真実なのか。

男の言葉が真実なら、今日執り行われた葬儀自体が世間を欺くための嘘だったということになる。つまり、世間的に彼を葬らなければならないほどの一大事が、その身に起きているということだ。

「信じよう。案内を」

考えがまとまるよりも先に、その答えが口を衝いて出た。

「ルキアス様！」

アーロが表情を険しくして、ルキアスを止めに入る。

信用できない、とアーロの目は訴えていた。

いかにも怪しげな話なのは、アーロに言われずとも分かっていた。だが、本当にユアンが生きていて、自分に助けを求めているのだとしたら？

何かあればすぐに助けに行くと、ユアンに約束したのだ。だから、この決定がどんな結果をもたらそうとも、構わなかった。

「止めるな」

きっぱりと言うと、アーロは何か言いたげにしながらも、黙って一歩下がった。こういう時、何を言ってもルキアスが引かないことを、アーロはよく分かっている。

月も出ていない暗闇の中、ルキアスとアーロは男に導かれるまま王宮を抜け出し、山の中を進んだ。

険しい山道を歩く間、一行は無言だった。

普段から鳥かごに入れず自由にさせている鷹のログが、主を心配して上空を着いてきているのが、時折葉陰から見える。

ログにとっては、ユアンを探して何度も飛び回った場所だろう。

そこここに、純白のユナの花が咲き乱れている。

山全体を白く染めるように咲く花は、暗闇で見ると清楚(せいそ)というよりは妖艶(ようえん)だった。山に入ったときから感じていた、だんだん濃くなってくるこの甘い香りは、この花のものなのだろうか。

そう疑問に思ったその時、先頭を行く男が足を止めた。

「主人はあの塔の中です」

ユナの花の向こうに、苔生（こけむ）した石段が見えた。石段は、石造りの塔へと続いている。山肌に沿うように立つ塔は、蔦（つた）に覆われて、長らく使われていないように見えた。

「殿下。ここから先は、お一人でお進みください。主人は塔の一番上におります」

塔の扉の鍵を開けると、男はそう言ってルキアスに首飾りを差し出した。

黙ってそれを受け取り、アーロに目配せをする。

アーロは男に警戒の目を向けながら、静かに頷いた。

男に言われるまま一人で中に入ったルキアスは、クンと鼻を鳴らした。

塔の中は、甘い香りで満ちている。

その強い香りに、ほんの一瞬、思考が攫われそうになる。

周囲を警戒しながら、ルキアスは蝋燭の明かりだけが頼りの、暗い塔を登りはじめた。

外観のうら寂れた様子とは違い、中は人の手が入り、清潔に保たれている。

とはいえ、窓すらないこの塔が一体何のために建てられ、どういう使い方をされてきたのかは、おおよそ察しがつく。

一体、ユアンの身に、何が起こっているのか――。

長い階段を一歩、また一歩と進んで行くにつれ、甘い香りはどんどん強くなっていった。

ふと、本当にこれはユナの花の香りだろうかとルキアスは思った。

薫香(くんこう)の煙のように身体に纏わりつき、思考を邪魔して、じりじりと身体を火照(ほて)らせるこれは、花の香りというよりも、まるで——。

唐突に目の前に扉が現れ、ルキアスはハッとして足を止めた。

塔の一番上まで来たらしい。扉の鍵は、渡されていない。扉を押してみると、ぎい、と錆(さ)びた蝶番(ちょうつがい)が音を立て、内側へ開いた。

室内は思い描いていた牢のような場所ではなく、人が住める部屋になっていた。質素ではあるが、寝台や机が置かれていて、床には絨毯も敷かれている。

戸惑いながら部屋の中に足を踏み入れると、寝台の向こうで何かが蹲(うずくま)っているのが見えた。

「……ユアン、なのか……？」

ルキアスの声に、「何か」がゆっくりと身体を起こす。

「……ユアン!!」

ルキアスは思わず声を上げ、親友の下へ駆け寄った。

細い身体を抱き締め、顔にかかる黒髪を掻き上げて、ユアンの顔を覗き込む。

少し痩せた感じはあるが、細く癖のない黒髪も、泣きぼくろのある切れ長の目も、静謐な雰囲気も、何もかも変わっていない。

間違いない。まぼろしでも幽霊でもない、本物の、ユアンだ。

ルキアスは言葉もなく、ユアンを抱く手に力を込めた。

「ルキ……アス？」

声を震わせて、ユアンが名前を呼んでくる。

そうだと答えようとした次の瞬間、ルキアスはユアンに突き飛ばされた。

涙に濡れたユアンの目と、目が合う。

甘い、甘い香り。

――ルキアスが理性を保っていられたのは、そこまでだった。

◇◇◇

まるで、太陽が現れたかのようだった。

しっかりと筋肉がついた大柄な体躯と、陽の光のような金髪。意志の強さを湛えた碧の目。

その場にいるだけで、多くの人を惹きつけずにはいられない華やかさを持った男は、目が合うなり悲痛な声でユアンの名を呼んだ。

なぜここに彼が……ルキアスがいるのか。

何故か感極まった様子で自分を抱き締めてくるルキアスの首筋から、今まで嗅いだこともない、甘く蠱惑的な香りがしていた。

花のような、瑞々しい果実のような、陽の光のような、何とも言えない甘い香りだ。

そう思った途端、目の前の「雄」を求めて、身体がせつなく疼き出す。

恐怖に駆られ、ユアンはありったけの力を込めて、ルキアスを突き飛ばした。

ルキアスと目が合った瞬間、自分も呑み込まれそうになるほどの甘い匂いが広がり、炎にも似た熱が、身体の奥から突き上がってくる。

その場に縫い止められたように手足が動かない。

――これが、アルファ……。

圧倒的な雄の存在に、抗うことなどできないと、ユアンは瞬時に悟った。

「ルキアス、頼む、ここから出てくれ……っ」

無駄だと分かっていて、ユアンは懇願した。

ルキアスの目がらんらんと光を宿し、獣のような息づかいに変わっていく。

見たこともないルキアスの変化に、絶望が押し寄せてくる。今目の前にいるのは理性を持った「ヒト」ではなく、獲物を前にした、肉食獣そのものだ。

こうなってしまったアルファに、オメガは抵抗する術を持たない。

自分は、このままルキアスに抱かれるのだろうか。

オメガとして？

男同士なのに？

男の身で、男を受け入れさせられるというのがどういうことなのか、ユアンは今まで想像したこともなかった。それなのに、ユアンの身体はまるで雄を知っているかのように、歓喜に打ち震え、受け入れる準備を始めている。

押し倒され、荒々しく帯を抜き取られても、ユアンは動くことができなかった。

引きちぎられそうな勢いで服のあわせを開かれ、薄い身体を撫で上げられる。

怖がる気持ちとは裏腹に、身体はその先に与えられる物を期待し、力を失っていく。

「……い、いや、だっ！　やめっ……」

精一杯の力で身を捩り暴れようとしても、弱々しい動きにしかならず、ユアンは呆然とした。

力を失った獲物に満足気な表情を浮かべ、ルキアスはゆっくりとユアンの身体に舌を這わせ始めた。

つんと立ちあがった胸の飾りを、ルキアスに舌で舐められる。

吸い上げ、転がし、軽く歯を立てられると、胎の奥深くがジンと痺れたようになる。中が切なく収縮を繰り返し、そこに雄を挿れて欲しいと訴えてくる。

上半身を余すところなく愛撫しながら、ルキアスはユアンの下衣に手をかけ、難なくそれを引きずり下ろした。

そのまま大きく足を割られ、濡れた秘部がルキアスの眼前に晒される。蕾から、とろりとした愛液が零れ落ち、双丘へと流れていく。

「いや、だ……、ルキアス……！　たのむ、から……」

碌な抵抗もできないまま足を広げさせられている自分が悔しかった。もとのルキアスに戻って欲しい。理性を、取り戻して欲しい。

だが、どんなに泣いて頼んでも、ルキアスは止まらなかった。

ルキアスの指が、蜜に濡れたそこに触れた瞬間、ぐちゅりと卑猥な水音が立つ。

「……ひっ」

身体の中にゆっくりと指が入り込んでくる感触に、ユアンは息を止めた。

ルキアスは中の感触を確かめるように、ぐずぐずと動かし始める。二本、三本と指を増やされ、荒っぽく抜き差しされて身体が怯えると、あやすようにしてゆっくりと内壁をなぞり、やわやわと刺激を与えてくる。

身体が溶けてしまいそうなくらい、気持ちがいい。

けれど、抱かれることを受け入れられない心は、恐怖と嫌悪でいっぱいになる。

しないで欲しい。

もっとして欲しい。

相反する二つの思いがせめぎ合い、ユアンを酷く混乱させた。

理性を失いきれない自分が涙をこぼし、一方で、本能に従おうとする身体は腰を振る。

不意に、ルキアスの指が隘路から出て行く。

代わりにそこに押しつけられたのは、熱く、質量のある塊だった。

コントロールの利かない身体は、与えられる物が何かを悟った途端に歓喜に打ち震え、それを中へと誘おうとする。

なけなしの理性で嫌だとぐずるユアンの額に、そっと宥めるような口づけが落ちてきた。

顎を上向かせられ、涙に濡れる目で見上げると、ルキアスは理性を失っているとは思えないような優しい仕草で、ユアンの唇を親指で撫でた。

「俺の、運命」

甘く囁き、震えるユアンの唇を、優しく食む。

甘やかすような優しい口づけに頭の芯が痺れた。舌を絡め取られ、軽く噛まれて、上あごをくすぐられて、ルキアスの舌を追うことしか考えられなくなっていく。そうしてユアンの抵抗を難なく押さえ込みながら、ルキアスはユアンの窄まりに灼熱の切っ先を潜り込ませた。

「っ……っ、んーっ！」

嫌だという叫びは、突如強引になった口づけに吸い込まれた。

逃げを許さぬ激しさで、一気に奥まで突き入れられる。

熱い塊に、蕾の縁を限界まで押し広げられ、体内を穿たれて、その重苦しさに知らず涙が零れ落ちる。

だが、初めて男を受け入れる衝撃や恐怖は、すぐに充足感へと塗り替えられ、ユアンは身体を震わせて、前から白濁を零した。

「……っ、は、んっ」

息苦しさに首を振って口づけを解き、ユアンは空気を求めてはくはくと唇を動かす。

安心させようとしているのか、愛おしむようにこめかみや頬にキスが降ってきた。緊張が解け、身体から余分な力が抜けるやいなや、雄が軽く抜かれ、またゆっくり奥まで押し込まれる。

甘い痺れが身体の奥から湧き上がり、波のように全身に広がっていく。

ユアンは無意識のうちに、ルキアスの胸に縋っていた。

内壁がルキアスの雄をぎゅうぎゅうと締め付け、もっともっとと強請るような動きをしている。気持ちがいいのか、官能的な吐息を零したルキアスは、ユアンに覆い被さっていた身体を起こした。

ルキアスはユアンの腰をがっちり掴むと、雄を限界まで引き抜き、それから一気に奥までたたき込んだ。

「あ、んっ！」

身体の奥にある快楽のつぼを深く抉られ、ユアンは唇を戦慄かせた。さっき出したばかりなのに、堪えることなど到底できず、再び白濁を散らす。

頭に靄がかかったかのように何も考えられず、怖いほどの快楽に心が溺れていく。

ルキアスが、腹を空かせた獣のように、ぺろりと自身の唇を舐めた。

太く質量のある雄が、荒々しく内壁を擦り上げ、何度も何度も身体の奥を穿つ。

そうされる度、ユアンの身体は喜びに震え、内側をじわじわと愛液で濡らす。

「ふ、ぅ、……あっ、んっ」

自分のものとは思えない嬌声が、暗い室内に響いた。

擦られている内壁も、ルキアスの指が辿る身体のそこかしこも、気持ちがよくてたまらなかった。

ルキアスが激しく腰を動かしながら、貪るように、また唇を重ねてくる。

中を突かれるごとに激しくなる卑猥な水音と、獣のような荒い息づかい。

羞恥心はとうに消え去り、初めて与えられる快感が、理性を覆い尽くしていく。

強く腰を抱かれた次の瞬間、身体の奥深くに、熱い体液が注がれた。

中で、ルキアスが達したのだ。

汚された、と頭のどこかで悲痛な声がする。

しかし、それを凌駕するほどの多幸感が襲ってきて、ユアンは震える手を伸ばし、ルキアスの首筋にしがみついた。

雄の甘い匂いをもっと嗅いでいたかった。

もっと、もっとして欲しい。

一度では足りない。

ユアンの気持ちを代弁するかのように、内壁が硬いままの雄を締め付ける。

ルキアスは小さく笑うと、ユアンの手を解き、ずるりと雄を抜いた。

「な、んで……?」

思わずそう漏らしたユアンの頬を撫で、ユアンの身体をうつぶせにする。

獣の交尾のように腰を高く上げさせられたかと思うと、覆い被さってきたルキアスが、子種と愛液にまみれた隘路に、再び硬い雄を押し込んできた。

体勢が違うせいか、さっきとは別の場所を突かれて、ユアンは背筋を震わせた。

足を広げさせられ、双丘を割られ、もう入らないと思う場所よりも深くを抉られて、ユアンの唇から悲鳴じみた嬌声が零れ落ちた。

腹部を拘束していたルキアスの手が、下腹部に下りていく。放置されていたユアンの雄に絡みつき、そこをやわやわと扱き出す。

前と後ろを同時に刺激され、鈴口を親指の腹でなぞられると、たまらなく気持ちがよくて、そうと分かるほどに中をきつく締め付けてしまう。

その、一層狭くなった場所をこじ開けるようにして、ルキアスの雄が中を突き上げる。

「やだ、やだっ」

ユアンは目を見開いて首を振った。未知の快感が恐ろしいのに、身体は歓喜に震え、雄に絡みついて自ら快楽を貪ろうとする。

終わらない快楽に翻弄されていたユアンは、不意に耳を甘噛みされ、手のひらでうなじをなぞられて、どきりと心臓を跳ねさせた。

ルキアスにうなじを噛まれたら、自分たちは「番」になってしまう。

番というのは、アルファとオメガの間にだけ存在する関係性のことだ。アルファにうなじを噛まれたオメガは、そのアルファにしか誘引フェロモンを出さなくなり、自分を噛んだアルファ以外を身体が拒否するようになる。

つまり、今うなじを噛まれたら、一生をルキアスに委ねるしかなくなるのだ。

通常、オメガは望まぬ「番」になることを避けるために、そこを首輪で保護している。けれど、塔に閉じ込められていたユアンは、首輪をしていなかった。

ユアンのうなじにかかる髪を掻き上げて、ルキアスはそこに顔を埋めた。

スンとユアンの匂いを嗅ぎ、何かを確かめる仕草をしている。

「だ、だめだっ！」

咄嗟に身を捩り、手のひらでうなじを庇ったのと、ルキアスが手の甲に歯を立てたのとは同時だった。

「あうっ、……」

痛みに呻くと、ルキアスはハッと息を呑んで、ユアンから離れた。それから、おずおずと手の甲の傷を舐めてくる。

血を舐めとった後に、そっと手を外されそうになり、ユアンは激しく首を振って抵抗を示した。

どうして嫌なのか、説明するのは難しかった。

けれど、片隅に追いやられた理性が、それだけは絶対に嫌だと拒んでいる。

「番には、なりたくない」

言うと、ルキアスは黙り込んだ。

しばらく何かを考えた後、ルキアスはユアンの手を強引に首筋から引き剥がした。

「いや、いやだ、やめろっ」

無防備になったうなじに、ルキアスが唇を寄せてきて、ユアンは惑乱した。

無理矢理番にするつもりなのか。

オメガになった自分の意見など、はなから聞くつもりなどないのか。

音を立てて血の気が引いていく。

しかし、ルキアスがそこを噛むことはなかった。うなじに唇を寄せ、愛おしむようにそこに口づけて、ルキアスは名残惜しそうに唇を離した。

顎を取られ、後ろを向かされて、唇を塞がれる。

中に収められたままだった雄蕊(ゆうずい)がゆるゆると動きだし、ユアンは再び快楽の中へと引きずり戻される。

何度出して、何度出されたかも分からなくなったころ、ルキアスはようやく満足してユアンの中から出ていった。

荒い息をつきながら、甘えるようにユアンの背中に覆い被さってくる。

アルファの精を受け入れたからか、発情期の熱が弱まり、徐々に思考がクリアになっていく。

獣の重みを背中に感じながら、ユアンは力なく目を伏せた。

身体中から、ルキアスの匂いがしている。

尻のあわいからとめどなく溢れてくる精の感触に、自分はもう「男」ではなくなってしまったのだと思い知る。

オメガになっても、自分は今までと変わらないつもりでいた。

けれど、本能の前では、少しも正気を保っていられなかった。

男を求め、甘えて腰を振っていた自分が信じられなかった。

自分は一生こうして生きていかなければならないのだろうか。

何もかも、失ってしまった。

アルファという性を失い、第二王子という地位を失い、そして今、ルキアスという親友までも……失ってしまったのだ。

すーっと身体から何かが抜け出ていくような感覚と共に、凶暴な熱が消えていく。

セックスの後の気怠(けだる)い感覚と、満足感。それを満たしてくれた相手への慈愛の気持ちが胸に溢れてきて、腕の中の身体をぐっと抱き寄せる。

そこで、ルキアスはふと我に返った。

自分はどこにいて、何をしていたのだったか。

腕の中に抱き込んでいる相手に視線を落として――ルキアスの心臓は、あやうく止まりかけた。

力なく目を閉じているのは、ユアンだった。

汗に濡れた白い肌には、点々と鬱血痕が散っていて、力なく投げ出された手の甲には噛み痕が付き、乾きかけた血がこびりついている。

いったい、何が起こったのか。

酷い混乱に陥りながら、ルキアスはユアンの身体から手を離し、半身を起こした。くたりと床に沈んだユアンが、苦しそうな吐息を漏らす。視線を滑らせると、むき出しになった白い双丘の狭間から、おびただしい量の精液が零れている。

ルキアスは慌ててシーツでユアンの裸体を覆い隠した。

体術の訓練や水浴びなどで、ユアンの裸など幾度も目にしたことがあったのに、今はその身体を見てはいけないもののように感じる。

ユアンから目を逸らし、ルキアスは必死で記憶をたぐり寄せた。

男にこの塔まで連れて来られ、ユアンを抱き締めたことは覚えている。目が合った瞬間に、抗えないほどの甘い香りがして……。

ふいにユアンの泣き顔が脳裏を掠めた。

嫌がるユアンを押さえつけ、足を開かせて、ぬかるむ隘路に己の猛った雄をねじ込んだ記憶が、強烈な感覚と共に蘇ってくる。

顔からみるみる血の気が引いていき、ルキアスは両手で頭を抱えた。

何度も何度も、執拗にユアンの身体を蹂躙（じゅうりん）した自分は、獣そのものだった。

まるでオメガのフェロモンにあてられた時のようだと思いかけ、ルキアスは首を振る。

ユアンは自分と同じ、アルファだ。

だが、それなら何故、ユアンはうなじを手で守った？

そこをアルファに噛まれて不都合があるのは、オメガだけだ。

――まさか……。

ありえない結論に行き着いたとき、ユアンの瞼（まぶた）が震え、薄く目が開いた。

目が合うなり、ユアンは怯えたように身体を竦（すく）めてルキアスから距離を取ろうとする。

今までされたことがない拒絶の仕方だった。

いつも背筋を伸ばし、真っ直ぐに自分を見ていたユアンの姿はどこにもない。ルキアスがほんの少し身動（みじろ）いだだけで、ユアンの身体はビクリと大きく揺れ、小刻みに震え始めた。

自分のことが、怖いのだ。

息をすることも忘れて、ルキアスは呆然とユアンを見つめた。

指先まで固まってしまった身体を何とか動かし、それ以上ユアンを刺激しないようにゆっくりと離れる。

手早く着衣を整えて、ルキアスは床に膝を突いた。

「ユアン……すまなかった。どうしてこんなことになったのか、……謝って済むことではないが……酷いことをして、すまない」

心からそう言って、ルキアスは床につかんばかりに頭を下げた。

頭上で、ユアンが息を呑む気配がする。

しばらくして聞こえてきたのは、「頭を上げろ」という、小さな声だった。

恐る恐る顔を上げると、ユアンは怯えた目のままルキアスを見ていた。

「……本能には抗えない。だから、仕方がなかった」

まるで自分に言い聞かせるかのように、一言一言、ゆっくりとそう言う。

仕方がない。そう言いながら、ユアンはルキアスから目を逸らした。

きっと、それは許しではない。

手を伸ばせば届く距離にいるのに、心は遠く隔たってしまったように思えた。

重い沈黙が落ちる。

「一つ、聞いてもいいか？」

迷った末、ルキアスはそう切り出した。

「本能には抗えないとは、どういう意味だ？　……お前と俺は、同じアルファだろう？」

ユアンは悲しそうな、それでいてどこか自虐的な顔になった。

「もう、アルファじゃない。……三ヶ月前に、突然、オメガに、転性したんだ」

「転、性……？　待て、どういうことだ？　何故……」

「何故かなんて、俺にだって、分からない」

吐き捨てるように言って、ユアンはルキアスが付けた手の甲の噛み痕を指先で撫でた。

「うなじを噛まれていたら、俺たち番になってたな」

自分が付けたユアンの傷を、ルキアスは混乱した頭で見つめた。

ユアンが、オメガに転性した。「まさか」が現実だと分かっても、俄には信じられなかった。

ユアンから感じたあの甘い香りは、オメガの発情期のフェロモンなのか。ということは、自分はユアンのフェロモンに抗えず、発情状態に陥ったということになる。

「ここに閉じ込められたのも、オメガになったのが原因なのか？」

「他にどんな理由がある？」

ユアンはそう答えると、暗い目をルキアスに向けた。

「ダルレはオメガの地位が家畜よりも低い。アルファしかいないはずの王族に、オメガがいてはまずい……そういうことだろう」

「葬儀も、そのせいなのか」

王子がオメガになってしまったことを隠すために、葬儀を行い、ユアンの存在を消そうとしたのか。

ば明白だ。

「どういうって……。俺は、お前の葬儀に出席するために来たんだ」

ユアンは目を見開いて、大きく息を呑んだ。

見る間に暗い色を帯びていくその眼差しに、失敗した、とルキアスは唇を噛む。

自分の葬儀が執り行われたことを、ユアンが知らなかっただろう事は、その表情を見れ

余計なことを言って、ユアンを更に傷つけてしまった。

社会的に、ダルレ王国第二王子のユアンは死んだ。それは、この先の彼の人生が、暗く

おぞましいものになることを意味していた。

ここに、このまま一生閉じ込められるのならば、まだいい。それよりも恐ろしいのは、

オメガを性の道具としてしか見ないような輩（やから）の手に、ユアンが下げ渡されてしまうことだ。

自国アフタビアではあり得ないことだが、オメガの地位が低い国では公然の秘密として、

オメガを性の道具にしていることを、ルキアスはよく知っていた。

立ち姿も顔立ちも美しいユアンを欲しがる者は、きっと多いだろう。

下げ渡された先で、何をされるのか――。

考えただけで、背筋がぞっと凍りついた。

「ユアン、俺と一緒に来い」

言うと、ユアンは戸惑いを浮かべてルキアスを見返した。

親友を守りたい。その一心から、思わず出た言葉だった。

ユアンを乱暴した自分がそんなことを言えた義理ではないのは分かっているが、言わずにはいられなかった。

困ったことがあったら助けになると、そう約束したのだ。

このままここには置いておけない。どんな形であっても、アフタビアへ連れて帰る。

ルキアスはそう決めると、立ち上がってユアンの手を取った。

「ちょっと、待て、ルキアス」

手を引っ張られる形で立たされたユアンが、不安そうに声を揺らす。

迷っている暇も、話し合っている暇もない。

ダルレ側の人間が、ルキアスをここまで連れてきてくれた男一人だけの今ならば、ユアンを連れて逃げられる。衣装箱から服を取り出して、ルキアスはそれをユアンに着せようとした。

その時。

ドドドッという無数の足音が突然響き渡った。

地響きに似た音と共に扉が乱暴に開かれ、ダルレの近衛兵が次々と押し入ってくる。

咄嗟に背後にユアンを庇い、ルキアスは数歩下がった。

近衛兵はルキアスとユアンをぐるりと取り囲み、二人に剣を向けた。

――遅かったか。

ずっと見ていたのかと疑いたくなるタイミングのよさに、ルキアスは舌打ちした。

兵士達の後ろから、大柄な男が現れる。

つい数時間前に葬儀で顔を合わせた、ダルレ王国の現国王――ユアンの父親だった。国王の後ろには、王太子であるユアンの兄、ノルブも控えている。

国王は無表情だったが、ノルブは人を小馬鹿にしたような薄笑いを浮かべていた。

「これはこれは。アフタビア王国の王太子殿が、いったい何故、このようなところに？」

白々しく驚いた声色で、国王は問うた。

この場に国王と王太子が現れた理由を考えながら、ルキアスは国王の視線を正面から受け止めた。

「陛下こそ、これはどういうことなのか、説明願いたい」

「どういうこと、とは？」

「何故ユアンをこんな所へ閉じ込め、死亡したと嘘をついたのです？」

王は目を僅かに細め、ルキアスの背後へと蔑(さげす)んだ視線を投げた。

「理由なら、ルキアス殿はもうご存じのようだ」

王は大股で歩み寄ってくるなり、ユアンが纏っていたシーツを取り上げた。

裸体がむき出しになり、ユアンの顔が蒼白になる。

双丘の狭間から太腿へと伝う白い体液を冷たい目で見遣った国王は、ユアンの頭に手をかけ、うなじをむき出しにした。

「乱暴はやめてください！」

思わず叫び、その腕を掴んだルキアスを、王は鼻で笑う。

「乱暴だと？　どの口がそれを言うのか」

ルキアスはぐっと押し黙った。

昼まで真っ白になり、がたがた震えているユアンを見ていられず、ルキアスは自分の上着をユアンの頭から掛け、腕に抱くようにして国王から引き離す。

至近距離で国王を睨み付けると、室内に動揺が広がった。

「不敬な！　いかに大国の王太子とはいえ、国王陛下に対し、何たる態度！　ダルレを小国と侮（あなど）るおつもりか！」

ユアンの兄ノルブが激高して声を上げる。

国王はルキアスの視線にも動じず、手を上げてノルブを制止した。

「やめよ。ルキアス殿は、ダルレよりも遙かに大国であるアフタビア王国の王太子。不敬とも思っておられぬのだろう。……しかし、見過ごせぬ事もある」

国王はきらびやかな長衣を翻（ひるがえ）して、粗末な木の椅子にどかりと腰を下ろした。

「堕落の象徴であるオメガが王族から出るなど、あってはならないこと。万が一王族からオメガが出た場合は、死亡したことにして、幽閉することになっている。……とは言え」

そこで一度言葉を切ると、国王はユアンを見遣った。

「何の役にも立たぬ者の面倒を長々見続けられるほど、我が国には余裕がない。幸い、『元王子で初物のオメガ』を欲しいという者がいてな。ユアンは葬儀が終わり次第、下賜(かし)される予定になっていた。だが、『初物』でなくなってしまったのなら、その話もどうなるか……。こうなっては、娼館にでもやるしかあるまい」

仮にも自分の息子を前に、何故こんなにも酷いことを言えるのか。

歯噛みしながら、同時に、なるほど、とルキアスは内心で頷いた。

すべて、最初から仕組まれていたのか。

自分をここまでおびき出し、ユアンを発情させて理性を奪い、既成事実を作らせて、ルキアスにユアンを買わせる。つまり、自分はまんまと罠にかかった、というわけだ。

腹の底からこみ上げてきた怒りを、ルキアスはどうにか抑え込んだ。

罠だろうが、構わない。こんな男の下に、ユアンを置いてはおけない。

「ユアンはアフタビアに迎え入れよう」

国王はルキアスの言葉を聞くなり、してやったりという笑みを作った。

「ルキアス殿がユアンを買うと、そういう解釈でよろしいかな」

ルキアスは腕の中のユアンにちらりと視線を落とした。

自分がこれに応じたら、ユアンはきっとひどく傷つくだろう。

親友だと思っていた男に抱かれて男としての矜持（きょうじ）を打ち砕かれ、更には物のように売買されて、人としての尊厳まで奪われるのだ。

曲がったことが嫌いで、真っ直ぐな気質のユアンが、自分を許してくれるとは思えない。

「ルキアス殿。ユアンは今や我々にとって大切な商品です。ユアンに金を払うつもりがないのなら、お引き取り願います」

ためらい、口を噤（つぐ）んだままでいるルキアスに、ノルブが焦（じ）れたような声を上げた。

――商品、だと？

ルキアスの頬が引きつり、全身がゆっくりと怒りの焔に包まれていく錯覚を覚える。

到底許せる言葉ではなかった。

ユアンを抱く手に、知らず力が籠もる。誰よりも近しく、そして……愛おしい存在は、行き場をなくし、今、自分の腕の中で震えている。

五年前、一目で恋に落ちたあの日のことを思い出す。

運命だと、これ以上の出会いはないと、言葉を交わした瞬間に思った。だが、お互いに王国の王子である以上、この想いは禁忌。それが故に、五年前、ルキアスはこの想いを心の奥底に閉じ込め、なかったことにした。

親友としてでいい。ユアンの唯一無二であるならば、それでいい。

そう決めて、ずっと殺してきたユアンへの想い。

けれど、ユアンがオメガになり、そして、この国がユアンを「物」として扱うつもりなのであれば、もう遠慮はしない。たとえユアンを傷つけ、憎まれることになろうとも、ユアンをアフタビアへ連れて帰る。

覚悟を決め、射貫くように睨めつけると、ノルブは気圧されたのか、よろりと数歩後退った。

「いくら払えばいい」

腕の中でユアンの身体が大きく震える。

「……俺を、買うつもりなのか……？」

聞き取れないほど掠れた声でユアンが呟き、悲愴な顔つきでルキアスを見上げてくる。

そうではないと弁解したいが、今ここでユアンと押し問答する時間はない。

黙って、ユアンの肩を抱く手に力を込める。

ルキアスの直截な言葉に、ノルブが不快そうにフンと鼻を鳴らした。

「金額については、交渉にのりましょう。ただし、条件があります」

「条件？」

「ユアンは既に死んだ身。アフタビアで素性がバレては困ります。ですから、戸籍を女に変え、『アフタビア王太子の妃』として連れて行ってもらいます。オメガで、さらに女であれば、『ユアン』と『ダルレから来た妃』が繋がることもないでしょうからね」

王太子の妃とはまた、大きく出たものだ。

ルキアスが親友であるユアンを見捨てられないと踏んで、できうる限り条件を釣り上げようとしているのだろう。

ルキアスが黙っていると、今度は国王が口を開いた。

「オメガの地位で正妃に、とは言わぬ。だが、戸籍上死んでいるとはいえ、身分を考えればそれなりの立場で迎え入れるのが筋だろう。オメガならば子を孕むこともできるのだし、妃なら何人いても構わないのだから、そちらにとっても悪い条件ではあるまい。後宮から出さずにいれば、あとは好きにすればよい」

「お待ちください、父上。私は兄として、ユアンを穢されたことを許すわけにはいきません。ダルレの『姫』として、それなりの待遇をして頂かねば。それから、ユアンの身代金とは別に、アフタビア王国には相応の賠償を要求します」

鼻息荒くそう言いきったノルブに、ルキアスは冷めた目を向けた。

ユアンを妃としてアフタビアに迎えるということは、国と国の付き合いが生まれることを意味する。

国交上の様々な優遇を、ダルレは今後求めるつもりなのだろう。

王太子という身分であっても、国政に関わる事案を勝手に決めていいはずがない。

政治的なことを考えると、ダルレは対等に付き合うには国力が弱く、アフタビアの負担になりかねないのだ。

そう冷静に考える自分がいる一方で、ルキアスは、何を求められようと、ユアンの手を決して離せない自分がいることも分かっていた。

そして、ダルレがユアンを「売りつける」のに、ルキアス以上の相手はいないことも。

「オメガは『妃』にはなれぬ決まりだ。『妾（めかけ）』としてなら、要求を呑もう」

立場としてはこちらの方が上だと、敢えて居丈高にそう告げると、ノルブはムッとしたように眉間に皺を寄せた。国王にちらりと視線を送り、どうすべきか指示を仰（あお）ぐ。

それも、当然だろう。アフタビアでは、「正妃」や「妃」とは違い、「妾」は権力を持たないただの「お手つき」であって、下働きの者やオメガであっても許される。その代わり、王が飽きれば後宮を追われることもある、不安定な立場であった。

切り札であるユアンを「妾」として差し出すのは、先々のことを考えれば面白くないに決まっている。

「国力の差はあれど、同じ王子という立場の者を、『妾』扱いとは。ダルレもなめられたものだ」

苦々しくそう吐き捨て、更に何か言い募ろうとしたノルブを、国王は手で制した。

「オメガが『妃』になれぬと定められているのならば、仕方がない。ただし、ユアンの身代金はこちらの言い値を払ってもらう」

金銭で解決させようというのなら、それで構わない。ルキアスは黙って頷いた。

用は済んだとばかりに、国王は立ちあがり、踵を返す。まだ何か言いたげなノルブがそれに続き、近衛兵たちも出て行って、部屋は再び静寂に包まれた。

「ユアン」

ユアンに掛けた自分の上着をずり下ろし、顔を覗き込む。

「勝手に話を進めて、すまなかった。けれど、お前をここから連れ出すためには、出された条件を呑むのが一番早いと思ったんだ。ユアン、一緒にアフタビアへ来てくれるな？」

「……妾、として？」

「妾という言い方は、体面上のことだ」

果たして、今ここで自分の気持ちを告げてもいいものか。

ルキアスは迷い、ぼんやりとしたまま動かないユアンの手を、そっと取った。

指先が氷のように冷たい。

不安そうな眼差しに、ぎゅっと胸が絞られる。

ユアンが再び笑顔を取り戻してくれるなら、何でもしたいと思った。

「妾ではなく、俺の妻として、アフタビアへ来て欲しい」

「……妻？」

「ユアン。愛している」

改めて口に出すと、その言葉しか自分の気持ちを言い表せるものはないのだと、はっきり分かった。

ルキアスは、静かにユアンの反応を待った。ユアンは数度瞬きし、言われた言葉を理解できないとばかりに、無表情でじっと固まっている。

「愛しているんだ」

もう、遠慮するつもりも、隠すつもりもない。もう一度囁いて、ルキアスはユアンの手の甲にそっと口づけた。

「何、言って……、俺は、男で」

「だから、言えなかった。でも、お前がオメガになったのなら……もう自分の気持ちに嘘はつきたくない」

ユアンが目を見開き、信じたくないと言いたげにゆるゆると首を振る。

「……俺が、オメガに、なったから……」

ショックのあまりか、喘ぐようにして、ユアンが言った。

「オメガになったから、女扱いするのか……？」

「そうじゃない。本当は、出会った時から、好きだった。お互いに王子で、男同士だったから、言わなかっただけだ」

「い、意味が分からない。同じ事じゃないのか？　俺がアルファのままだったら、言うつもりはなかったんだろう？　オメガに、『雌』になったから、考えを変えたんだろう⁉」

ユアンの声は怒りと混乱で震えていた。

応える言葉をなくして、ルキアスは黙り込む。

ユアンがオメガになったから告白したのかと言われれば、それはその通りで、反論の余地もなかった。

ユアンを女扱いするつもりはない。

ユアンだからこそ、一生を共にしたいと思っている。

だが、どう言えばユアンにこの気持ちが伝わるのか、ルキアスには分からなかった。

黙っているルキアスに何を思ったのか、ユアンの表情がくしゃりと歪む。

「離せっ、俺に触るな！」

乱暴に手を振り払い、ユアンはルキアスから逃げようとした。

「アフタビアなんかに行くものか、出て行け！」

「ユアン、聞いてくれ、俺は……」

「何も聞きたくない！　お前の妾になるくらいなら、死んだ方がましだ！」

「ユアン、落ち着け。妾になんかしないと、言っただろう」

「言い方が違ったとしても、同じ事だ！　俺を金で買って、妾として連れて帰るんだろう？　オメガのフェロモンに、アルファであるお前が逆らえるのか？」

「無理強いはしない。……約束する」

乾いた笑い声を上げて、ユアンは肩に掛けていたルキアスの上着を脱ぎ捨てた。

鬱血や噛み痕が無数に散らばる白い裸体を、ルキアスの前にさらけ出す。

「ついさっき、自分がしたことを、忘れたのか？」

そう言われて、ルキアスは黙った。

本能のままユアンを犯した自分が何を言ったところで、説得力などあるわけがないのだ。

「アフタビアの法では、オメガの妾には、抑制剤は処方されない。……俺が、知らないとでも思ったのか？」

ユアンの問いに、ルキアスは唇を引き結び、視線を落とす。

ユアンの言う通り、アフタビアの法では、妾のオメガに抑制剤を処方することを禁じている。それは、オメガが「子を産むこと」を望まれ、後宮に召し抱えられるからだ。

つまり、発情期に入れば、オメガはアルファに抱かれることでしか、苦しみから逃れる術はない。

「……俺がオメガになっても、お前だけは変わらないと信じてたのに」

ユアンは声を震わせながらそう呟くと、机の上の燭台を手に取り、火がついたままの蝋燭を掴んで抜き取った。

蝋にまみれた鋭利な切っ先が、ぎらりと不吉な色を放つ。

「ユアン！」

迷わずそれを喉元に突き立てようとした手を、ルキアスはすんでの所で掴んで止めた。手をねじり上げると、ユアンはあっけなく燭台を取り落とす。

それを足で払って、遠くへ飛ばし、ユアンを抱え込むようにして抱き締め、ルキアスはほっと安堵の息をついた。

心臓が怖いくらい脈打っている。

「触るな、離せっ！」

暴れる身体を腕に閉じ込めて、ルキアスは「離さない」と強い口調で答える。

「お前が嫌がっても、アフタビアへ連れて帰る。……死ぬことだけは、絶対に、許さない」

きっぱりと言い切ると、ユアンの身体から力が抜けた。ぐっと喉を鳴らし、嗚咽する。

ルキアスの胸がずきりと痛んだ。

可哀想だとは思う。けれど、永遠に別れるくらいなら、憎まれてでも共にいたかった。

ロージニアと呼ばれるこの大陸には、大小合わせ、十五の王制国家と一つの共和制国家が存在している。

大国と称されているのは、南端に位置するアフタビアと、大陸中央に位置するイメルジアの二カ国のみで、北の山間部には、ユアンの祖国ダルレやマーハトヤ、グルドアなど、独自の文化を持った小国が連なっている。

大陸の北の端にあるダルレからアフタビアへは、山脈を一つ越え、国を三つまたいで、陸路でおよそ十日。

同じ大陸にあるとは思えないほど気候も風土もまるで違う。

ダルレでは未だ雪の舞う寒い日もあるというのに、ここアフタビアでは日中の気温が三十度を超え、灼熱の太陽が大地を焦がしている。

肌を見せない作りのダルレの衣装では、じっとしているだけで汗が滲んでくる。

乾いた風が時折ふわりと通り過ぎ、ユアンの熱をさらっていってくれるのが、救いといえば救いだった。

顔を見られないように、目以外の部分を覆い隠している布の口元を少しだけくつろげて、ユアンはため息をついた。

王宮に着いた後、ルキアス付きの女官頭にこの部屋に通されてから、もう何時間になるだろう。これからどうしたらいいのか、何も伝えられずに放置されて、苛立ちばかりが募っていく。

出されたお茶はハーブの香りが強くて口に合わず、一口飲んだきりだった。

人の気配が全くないが、ここは後宮なのだろうか。

しかし、妾が使う部屋にしては、少し華美が過ぎるような気もする。

豪華な調度が置かれた広い室内に居心地の悪さを感じ、ユアンは外へと目を向けた。

部屋からは、アフタビア王国の首都ハサルガートの街並みが一望できる。

家々の造りも往来の様子も、木々の形や緑の色さえ、何もかもがダルレとは違っていた。

見たこともないほど透き通った、碧色の海。

風が吹き抜けるようにデザインされた開放的な造りの部屋に、薄く、ゆったりとした衣服。陽気な笑い声と、そこここから聞こえる耳慣れない楽器の音。

ダルレにユナの花があるように、この国では今、紫色の花が満開だった。街道に等間隔に植えられたその花の木はジャカラと呼ばれ、房のように連なった花を風にそよがせている。

留学中、ルキアスからはよくこの国のことを聞かされていた。

ダルレとはまるで違う文化や風習は興味深く、一度訪れてみたいとずっと思っていた。

だが、こんな形を望んでいたのではない。

風を通さない、厚い生地でできたダルレの衣装を見下ろし、ユアンは再びため息をついた。

初めて袖を通した女物の衣装は窮屈で、滑稽なほど華やかな色合いをしていた。

特に女顔でも、小柄でもない自分が着ると、まるで道化にでもなったかのようだ。

綺麗だ、と真顔で褒めたルキアスを思い出し、ユアンは苦々しい気持ちになった。

気分を変えようと、柔らかいクッションが敷き詰められた床から立ちあがり、前庭に出る。

幾何学（きかがく）模様の、青いタイルの道が延びる箱庭には、色とりどりの花が植えられていた。

庭の中央では、噴水がパシャパシャと涼やかな音を立てている。

ふと、大木の枝に鳥かごが吊されているのが見えた。

中に、白い鳥が二羽、入れられている。

番なのだろうか。二羽は鳴きもせずにユアンをきょときょとと見つめていた。

「お前達も、無理矢理連れて来られたのか？」

可哀想に思って、ユアンは鳥かごの扉を開けてやった。

翼があるのなら、どこへなりとも飛んでいけるだろう。

「出してどうする？　外に出た途端、猛禽類（もうきんるい）や蛇に襲われて命を落とすことになるぞ」

ふいに背後から声がして、ユアンは振り向いた。

未だに旅装束のままのルキアスが、複雑そうな表情を浮かべてユアンを見ていた。

「襲われないで、生き延びるかもしれない」

「……愛玩用に翼を切られた鳥だ。自然界で生き延びるのは難しいだろう」

言いながら、ルキアスは鳥かごの扉を閉めた。

まるで自分に向けられた言葉のようだ。オメガになったお前には、外の世界で生活するのは難しい――。そう釘を刺された気がして、ユアンは内心歯噛みする。

「暑いだろう。ここへは俺の許可がない限り、お前の従者のヨラと、アーロしか立ち入れないようになっている。安心して、寛いでくれ」

言われて、素直に頭を覆う布を取ると、少し暑さが和らいだ気がした。

ルキアスが室内へと戻り、上着を脱ぎ捨ててクッションに身体を沈める。

控えていたアーロがすかさず上着を拾い、あの変な味のお茶をルキアスの前に置いた。

どこに座るべきか、ユアンは逡巡した。

さっきまで座っていた場所では、ルキアスの真横になってしまう。

今まで距離の近さを気にしたことなどなかったが、あんなことがあった後では、袖が触れあうほどの距離に身を置くのは躊躇われる。

十日の旅の間中、ユアンはルキアスを避け続け、ルキアスもユアンの心情を気遣ってか、十分に距離を取ってくれていた。そのおかげで、ルキアスに対する拒否感は、やや薄らいではいたが……。

やはり、あまり側にはいたくない。

ユアンはルキアスの真向かいに腰を下ろした。

ルキアスは一瞬何か言いたそうな顔をしたが、結局何も言わず、気まずさを誤魔化すように茶器を口に運んでいる。

「ここは後宮か？」

しばらく沈黙が続いた後、その空気の重さに耐えられなくなって、ユアンは口を開いた。

「いや、王太子宮だ。俺にはまだ妻と呼べる相手がいないから、後宮は使っていない」

「それは意外だな。おまえなら十人や二十人、とっくに囲っているものと思っていた」

嫌みを口にすると、ルキアスは少しバツの悪そうな顔になる。

「留学中に遊び歩いていたことを言っているのか？　もう許してくれ。お前に活を入れられてから、心を入れ替えただろう」

「活なんか入れていない。勉強する気がないなら国に帰れと言っただけだ」

「俺にとっては、十分活だったさ。それまで俺のことを諌める者など、両親とアーロくらいのものだったからな」

過去を懐かしみ、嬉しそうに笑うルキアスに、ユアンは複雑な気持ちになった。

国の成り立ちには諸説あるが、王制ばかりのこの大陸で、唯一、古くから共和制という珍しい制度を取っているアルワド共和国。

人種も性別も関係なく、全てが平等のアルワドは、「ここで学べない物はない」と言われているほど、教育が盛んな国でもあった。

ある者は研究のために自国での高い身分を捨て、またある者は貧しさ故に自国では叶わない成功を夢見て、アルワドに移住する。

その結果、アルワドでは各国の技術を融合した独自の文化や芸術が発展し、他国には存在しないような技術が生み出されることとなった。特に優れた技能や知識を持った者は「博士」と呼ばれるようになり、各国の知識人がお忍びで教えを乞うようになったことから、彼らは「大陸の頭脳」とも称されていた。

彼らと繋がりを得るべく、支配階級の間では、成人前の子息をアルワドに数年留学させることが一般的になった。今や、アルワドは各国の情勢を学び、成人後の人脈を築くための社交場だ。

このアルワド共和国で最も優れていると言われている教育学園、「ゴードン」に入学したことが、ユアンとルキアスが親しくなるきっかけだった。

当時のことは、ユアンもよく覚えている。

ルキアスは、首席で入学したにもかかわらず、何故か入学早々学校にはあまり出てこなくなった。

やがて、娼館に入り浸って放蕩の限りを尽くしていると噂になり、後宮にはすでに多数の妾がいるとか、彼はすでに高等教育課程まで終えていて、ここへは勉強するために来たわけではないとか、様々なルキアスの噂が蔓延するようになっていた。

大国の王太子と同級生になったことで、クラスメイトたちも浮き足立っていたのだろう。

そんなある日、珍しく、ルキアスが馬術のクラスに姿を見せた。

以前からルキアスと親しくなりたいと狙っていた積極的な生徒達がルキアスを取り囲み、クラスはまるでお祭り騒ぎのような様相になってしまった。

授業はいつまでたっても始められず、困った教師は、何を思ったのか、「ルキアス殿下は馬術も一流だと聞く。ついては、今日の授業は殿下の演技を見る時間にしたいと思うがどうか」と言いだした。

ルキアスの取り巻き志望者達は口々に賛成の声を上げたが、ユアンはそれに眉を顰めずにいられなかった。

一人の生徒を持ち上げ、褒め称えるだけの授業に何の意味があるのか。それを、教師が推奨するとは……。

しかもこの教師は、平等という理念の下、ゴードン校では厳しく禁止されている、「殿下」という敬称でルキアスを呼んだ。

黙っていられずに、ユアンはつい言ってしまったのだ。「彼も生徒の一人なのだから、特別扱いをするべきではない」と。そして、ルキアスに向かって、「君も国民の血税で留学している身分なのだから、勉強する気がないのなら国へ帰れ」と正論を叩きつけた。

王子とはいえ、小国の分際で、と周囲はざわついた。

しかし、その日から、ルキアスは何故か真面目に授業に出席するようになり、ユアンに話しかけてくるようになったのだ。

あの時ユアンが叱ってくれなかったら自分は堕落した人間になっていたと、ルキアスは後に何度も語っていた。

確かに、あの一件があってから娼館通いはやめたようだったが、ルキアスの行動全てを知っていたわけではない。

アフタビアでは、妃や妾を多く迎えるのが慣例だとも聞く。噂では、現国王には正妃以外に、二人の妃と二十人の妾がいるのだとか。昨年成人の儀を終えたルキアスが、今も尚一人の妃も持たず、妾も囲っていないというのは、俄には信じがたい話だった。

「とにかく、後宮はしばらく使う予定がない。窮屈かも知れないが、この部屋で我慢してくれ」

「我慢？　見たところずいぶん豪華な部屋に見えるが、この部屋は元々何の部屋なんだ」

ルキアスが「ああ」と唸ったきり、黙り込む。

嫌な予感がしてアーロに視線を向けると、ユアンの飲み物を果実水に替えてくれながら、彼は以前と変わらない、人のよさそうな笑顔を見せた。

「こちらは、王太子妃殿下がお使いになるお部屋ですよ」

「王太子妃？」

そんな部屋に、表向きとはいえ「妾」の自分が入っていいとは思えない。

来客用の部屋だとか、もっと自分に適した部屋があるはずだ。

「部屋を替えてくれ」

だが、ルキアスは首を振った。

「それはできない」

「何故？」

「王太子宮にある妃のための部屋は、この『春の間』だけだ。ここ以外では、何かあったときに、お前を守り切れない」

「守り切れない……？　誰に言ってるんだ？　お前と俺の剣の腕は互角（ごかく）だっただろう。自分の身くらい、自分で守れる！」

「剣の腕は互角でも、発情期になったら、剣すら握れなくなるだろう？」

ユアンは言葉に詰まり、ぐっと拳を握った。

ルキアスの言っていることは正しい。発情（ヒート）中に襲われたら最後、まともに逃げることもできないのだと、ユアンはルキアスに身をもって教えられたのだから。

かさぶたとなった手の甲の傷が、ジクジクと疼き始める。

思い出すと、背筋が怖気（おぞけ）立った。

与えられる快感の前に、ユアンは為す術もなかった。本能が理性を凌駕し、自分が自分でなくなってしまったあの時の恐怖は、まだ記憶に新しい。

ユアンはぶるっと身震いし、ルキアスに警戒した目を向ける。

「そうだな。忘れるところだった。一番危ないのはお前といることだ」

「言ったろう。無理強いはしない」

「信じられるか。自分の身は自分で守れる。抑制剤を飲めば、発情は抑えられる」

「……ユアン、お前も知っている通り、アフタビアでは妾のオメガに発情抑制剤は処方されない」

「妾は表向きのことだろう？」

「もちろん」

従者として付いてきたヨラが、会話に興味がなさそうな顔をして部屋の隅に控えているのを目の端で窺ってから、ユアンはそっと口を開いた。

「ここはもうダルレじゃない。兄や父の顔色を窺う必要はない。本当の妾ではないことを説明すれば、法の問題は解決するはずだ」

「……本当に、そう思うのか？　アフタビアに戻った途端お前を自由にして、ダルレが黙っているとでも？」

極限まで潜めた声でそう言い合って、ユアンは返す言葉を呑み込んだ。

父や兄の真意は分からない。

だが、葬儀までしたユアンの生存が表沙汰になれば、体面を守るため、「嘘」を「真実」に変えようとすることは想像に難くない。あの男が従者として付けられたのは、そういうことだ。ユアンはぞっとした。

「分かってくれ。お前の立場が『妾』である以上、抑制剤は渡せない」

「それなら、街に買いに行く」

「妾は王宮から出てはいけない決まりだ」

取り付く島もないルキアスを、ユアンは睨んだ。

ルキアスも、まっすぐに自分を見返してくる。

「どんなに悪法であっても、国の法として定められているものを、王太子自ら破るわけにはいかない。……おまえも、分かっているはずだ」

上の立場に立つ人間だからこそ、国で定められた法は、きちんと守らなければならない。

そんなことはルキアスに言われるまでもなく、分かっていた。

だが、頭では分かっていても、納得はできなかった。

自分は経験したことがないが、発情期のオメガとのセックスは、アルファにとってまるで快楽の底なし沼だと聞いたことがある。どっぷりと浸かって、抜け出せなくなるという。

権力者の中には、オメガを好んで抱くという者も少なくない。

ダルレの隣に、マーハトヤという国があるが、国王は大のオメガ狂いで、気に入ったオメガを何人も後宮に囲っているという噂だった。

ルキアスがそうだと信じたくはないが、自分との行為で色に狂ってしまったということも、考えられないことではない。

だとしたら、ルキアスが頑なに抑制剤を渡さないと言い張るのも、納得出来る気がした。

「……出て行ってくれ。一人になりたい」

ユアンの拒絶に、ルキアスは傷ついたような顔をした。

しかし、居座るようなことはせず、黙って頷き、立ちあがる。

「お前のことはヨラとアーロに任せてあるが、何かあったらすぐに俺を呼べ」

そこで、思い出したように、ルキアスは懐から何かを取り出した。

「忘れていた。ここには誰も近付かないよう厳命してあるが、万が一のことを考えて、これを渡しておく」

ルキアスから渡されたのは、白い首輪だった。

ダルレの物とは違い、宝石や金銀で華美に彩られてはいるが、用途は同じ。オメガが望まぬ相手と番になるのを防ぐためにつける、いわば「オメガの証」だった。

「……こんなもの、誰が着けるか！」

カッとなって、ユアンはルキアスに首輪を投げつけた。

身体に当たって床に落ちたそれを、ルキアスは黙って拾う。

「……気が向いたらで構わない。誰の番にもされないよう、くれぐれも自衛してくれ」

ルキアスは静かにそう言うと、ユアンの手に再びそれを握らせた。

「夕飯は共にしよう」

ユアンの返事も待たず、ルキアスはそれだけ言って部屋を出ていった。

「ユアン様、大丈夫ですか」

部屋の隅に控えていたアーロが、主人の後を追わずにそう声をかけてくる。

黙ったままでいると、アーロは少しだけ悲しそうな顔を見せた。

「差し出がましいようですが、ルキアス様がユアン様を妾として連れ帰ったのも、その首輪も、決して、ユアン様をないがしろにしてのことではありません。ルキアス様は誰よりも、ユアン様を大切に思っておられます。そのことだけは、信じてください」

ユアンはアーロから視線を逸らし、口元を歪めた。

従者とはいえ、アーロは幼い頃からルキアスと共に育った、兄弟のようなものだ。留学中のルキアスとユアンのことも、誰よりもよく知っている。

だからこそ、一言言わずにはいられなくなったのだろう。だが、今はユアンの神経を逆撫でするだけだった。

「今は何も考えられない。……出て行ってくれ」

「ユアン様……」

「アーロ殿、こちらの方はアフタビアに嫁がれた姫の、『ユナ』様です。呼び間違いは疑惑を残します。お気をつけください」

ヨラがアーロとユアンの会話に割って入る。

アーロはムッとした顔つきでヨラを睨んだが、やがて「分かりました」と答え、部屋を出ていった。

「王太子妃の部屋とは、思ってもみない好待遇ですね。オメガとは言っても、王族なのですから、ユナ様がお子を身ごもれば、立后も夢ではありませんよ」

人目もないのに、わざわざ「ユアン」ではなく、女性名の「ユナ」と呼ぶヨラの態度が腹立たしい。

「お前も出て行け」

冷たく言い捨てると、ヨラは軽く肩を竦め、一礼して部屋を下がった。

ヨラは自分の味方ではない。自分の行動を監視するために父と兄が寄越した、敵だ。

そもそも、ルキアスとあんなことになったあの日、ヨラの「抑制剤」を飲むまでは、発情などしていなかった。

一人になると、ユアンは深いため息をついた。

改めて見回した部屋の中には、確かに、女性が好みそうな調度品がたくさん置いてある。贅を尽くした部屋も、美しく整備された庭も、王太子妃の心を慰めるためのものなのだろうが、ユアンの目には虚しく映った。

ルキアスが自分を金で買ったことも、妾として連れ帰ると決めたことも、ユアンを助けるためには、仕方がないことだったのかもしれない。

むしろ、ルキアスは父と兄に嵌められた被害者だし、自分は感謝しなければならない立場だ。だが、頭で分かってはいても、ユアンはこの状況を受け入れられなかった。

お前は今日から「女」だと言われて、そうですかと頷けるような柔軟さはない。

ユアンがオメガだと分かった途端に愛の告白をしてきたことも、到底理解できなかった。

ルキアスは、もうユアンへの気持ちを隠すことをやめたらしい。

ここへ来る道中の、過剰なまでのエスコートや気遣いに、ユアンの心は疲弊していくばかりだった。共に馬で野山を駆け、剣の稽古で汗を流し、半裸になって泉で泳いだ日々を思い出すと、ルキアスの告白は「裏切り」以外の何物でもなかった。

再び、ユアンの口から重いため息が零れ落ちる。

考えることに、疲れていた。

いつの間にか「死亡」とされ、葬儀まで行われていたこと。父と兄が自分のオメガという性を利用して、親友を罠に嵌めたこと。その親友からの、裏切りともいえる愛の告白。

更には、当事者の自分の気持ちなど少しも汲んでもらえないまま、全てが決められてしまったこと。これから一生、この国で、「ユナ」として生きなければならないこと。

僅か数日の間に自分の人生は踏み荒らされてしまった。

この先、一生、抑制剤のないまま発情期を乗り切らなければならないのだろうか。薬のないつらさに耐えられなければ、またルキアスに抱かれるのだろうか。そのうちにルキアスの子を孕み、母となってこの国で一生を終える――。そんな自分の姿は、とても想像できなかった。

手の中の首輪が、ずんと重みを増したような気がする。

涙が、ユアンの眦(まなじり)から零れた。顔を覆い、嗚咽を漏らす。

ルキアスと肩を並べていけるものと、信じていた。国は違えど、同じ王子として、助け合えることも励まし合えることも沢山あったはずだ。

けれど、もう、そんな未来はどこにもなくなってしまった。

「今何と言った？　お前は正気か?!」

謁見（えっけん）の間の、一段高くなった玉座の周りを、父が苛々と歩き回っている。

父への礼を崩さずに、ルキアスは軽く肩を竦めて見せた。

「ですから、ダルレ王国から妾を連れて帰りましたと、そう申し上げました」

父を真っ直ぐに見上げ、さっきしたばかりの説明をもう一度繰り返す。

「オメガであった為にその存在を隠されて育ったようですが、歴（れっき）とした、王家に連なる貴族の娘です。名を『ユナ』といいます。妃ではないため、私の帰国に合わせて連れて参りました」

父に言葉を挟ませずに一息で言い切る。

よほどショックなのか、父は口を魚のようにぱくぱくと開け、倒れ込むようにして玉座に腰を下ろした。隣で、ルキアスの母である正妃が、父の背中を優しく擦ってやっている。

「その娘に、いくら払ったと言った？」

「支度金として、一億」

「一億だと……？　それを、誰にも相談なく」

「私が自分の事業で得た金銭です。相談する必要はないのでは」

「金銭の出所を言っているのではない！　お前は王太子なのだぞ！　妾とはいえ、他国の王族の娘を、誰にも相談せずに娶っていいはずがないだろう！　外交問題に関わると考えなかったのか！」

父の額には青筋が浮いている。

普段は、唯一の男子にして正妃の子供である自分には甘い父なのだが、さすがに今回の件は一筋縄では行かないようだ。

どうしたらいいか考えを巡らせながら、ルキアスは父の様子を窺った。

「お前はダルレ王国第二王子の葬儀に行ったのではなかったのか。この短期間で、どうしてそんなことになった？」

「ですから、先程もお話ししましたが、葬儀でユナと出会い、一目で恋に落ちたのです」

平然とした態度で言い切ると、父はこめかみを押さえ、従者に飲み物を要求した。

渡された杯の水を一息で飲み干し、大きく息をつく。

「妃として連れ帰らなかったことだけは、評価しよう。だが、ダルレ国王は目的の為には手段を選ばない狡猾な男だ。たとえ『妾』だったとしても、繋がりができてしまえば、何を要求し出すか分からぬ」

父の考えに、ルキアスは頷く。

自分の息子を使ってルキアスの籠絡を企んだ男だ。この先も、あのヨラとかいう従者を通じて、様々な要求をしてくるに違いない。

底なし沼のように暗い目をした、何を考えているのか分からない気味の悪い男――。

ユアンは、四六時中(しろくじちゅう)あの男に見張られている。

自由にしてやりたいのは山々だが、あの従者がどう動くか分からない以上、今は妾として側に置いておくしか、ユアンを守る方法はなかった。

「お許しください。どのような要求をされたとしても、私はユナを手放せません」

「私は認めないぞ！　一人の妃も持たぬうちから、アフタビアにとって何の益にもならぬ辺境国の女を、それもオメガを後宮に入れるなど」

「後宮には入れません。春の間に住まわせます」

「春の間は、未来の王太子妃の居室だ！」

壊れるのではないかと心配になる激しさで、王は拳を玉座の肘掛けに叩きつけた。

隣で黙って話を聞いていた王妃が、王の手を優しく握る。

「陛下。少し落ち着いてください」

言いながら、王妃はルキアスへと視線を向けた。

「その娘はオメガだと言いましたね」

「はい、母上」

「もう番にはなったの？」

「いえ、まずは父上と母上にご報告をしてからと思っていました」

ユアンの気持ちを考えれば番などあり得ないのだが、両親に不信感を抱かせないように、ルキアスは慎重に言葉を紡ぐ。

「そう。では、番にするつもりはあるのね？」

「ユナが許せば、ですが」

王妃は面白そうに口元を綻ばせた。

「ずいぶん大切にしているのね」

「はい。何者にも代えがたいほど、大切に思っています」

静かに告げると、父が「むう」と唸り声を上げた。

「目を覚ませ。お前はオメガのフェロモンにやられ、色に狂っているだけだ」

「そうであったとしても、もし今ユナと引き裂かれたら、私は本当におかしくなってしまうでしょうね。もはや手放すことなど不可能です」

わざと暗い声で脅迫じみたことを口にすると、父はコツコツと指で肘掛けを叩いた。

「そこまで言うのなら、好きにするがいい。だが、私はダルレのオメガを『妾』とは認めない。いいか、よく覚えておけ。正式な手順を踏まない婚姻に、政治は介在しない。今後一切、私財であっても『妾』を理由にしたダルレへの援助や金銭の支払いは許さない」

父はルキアスの返事も待たず、憤懣やるかたない足取りで、謁見の間を出て行った。それを見送ってから、王妃も席を立つ。

「どんな娘なのか、知りたいわ。一度お茶に呼んでもいいかしら」

「こちらでの生活に慣れましたら、ぜひ」

　母の手を取って出口までエスコートし、ルキアスはその手の甲に挨拶代わりの口づけを落とした。

　侍女と共に母が去ると、アーロが傍に寄ってくる。

「お怒りでしたね」

　ルキアスは大きなため息をついてから、「ああ」と頷いた。

「母上はともかく、父上のあの怒り方を見ると、『ユナ』が男だと分かったら、大変な騒ぎになるだろうな」

「前代未聞ですからね」

「王位継承権を剥奪されるかもしれないな」

「殿下が勝手をしても王位継承権を剥奪できないから、怒っていらっしゃるのでしょうに」

　呆れたようにアーロが顔を顰める。

「まあ、そうだろうな」

　正妃以外に二人の妃と二十人の妾を持つ父には、自分を含め十人の子供がいる。

　しかし、自分以外は女ばかり。男子のみに王位を継承するアフタビアの法の下では、今のところ、跡を継げるのはルキアスしかいないのだ。

　だからこそ、少々強引な手段に出られるのではあるが。

「しかし、さすがに春の間はやりすぎではありませんか？　後宮に入れるのなら、国王陛下ももう少し冷静に受け止められたでしょうに」

「あんな防備の薄い場所に、ユアンを置いておけるか。王がどの部屋に何時間居たか、翌朝にはみんな知っているような場所だぞ」

「殿下の後宮には、誰もいらっしゃらないじゃありませんか」

「毎晩通えば『寵姫』だの『色狂い』だの、要らぬ噂が立つだろう。そんなことでユアンを傷つけたくない」

「毎晩会いに行かなければよろしいのでは？」

「アーロ。愛しい相手が側にいるのに、顔も見ずに過ごすことが、お前にはできるのか？」

　アーロは一瞬黙って、それから苦笑いを浮かべた。

「相変わらず、殿下の愛は重いですね。……けれど、ご注意なされませ。愛は押しつけるものではありませんよ」

「……言われなくても、分かっている」

　ムッとして、ルキアスはアーロを睨み付けた。

　真摯に愛を伝え続ければ、ユアンはいつかルキアスの想いに向き合ってくれると信じていた。だが、気持ちが通じ合うどころか、ユアンとの関係は、日を追うごとに悪くなっている。愛していると囁く度、無表情で自分を拒絶するユアンを思い出し、ルキアスはため息をついた。

どうすれば、ユアンは心を解いてくれるのか。考えれば考えるほど、答えのない沼にはまり込み、抜け出せなくなっていくようだった。

「いきなり訪ねてきて何を仰るかと思えば……。妾であれ妃であれ、王太子の奥方という立場にある方に抑制剤を処方することはできません」

神経質そうな初老の薬師は、ユアンの頼みを聞くなり、「何を言っているのか」という顔をしてきっぱりとそう言った。

本来なら部屋付きの女官や従者を寄越すものなのに、妾が直接訪ねてきたとあって、王太子宮の薬処はざわついていた。

ここで働いている者たちは、忙しいそぶりを見せながらも、薬師の背後で顔を見合わせたり、何か囁いて笑ったりと、ユアンへの興味を隠さない。

「ご無礼を承知で申し上げますが、『正妃』ではなく『妾』として殿下のお側に侍っている以上、あなたの仕事は殿下が望むときに殿下をお慰めし、殿下のお子を産むことです。それなのに、何故、抑制剤が欲しいなどと……」

「正妃もいないうちに『妾』に子供ができるなど、あってはならないことではありませんか」

抑制剤をもらうために考えてきた言い訳を口にすると、薬師は不快そうに片眉を上げた。

「あなたがそのような心配をなさる必要はありません。全ては国王陛下と王太子殿下がお決めになること。さあ、お話がそれだけでしたら、お帰りください」

取り付く島もなくそう言われて、ユアンは唇を噛んだ。

ルキアスに頼んでも埒があかず、ヨラの目を盗んでここへ来たが、やはり薬は処方してもらえなかった。

半時ほど粘っても埒があかず、諦めて椅子から腰を上げると、それまでユアンを無視していた薬師は、不意に口を開いた。

「ユナ様。差し出がましいようですが、アフタビア王国へいらっしゃってもう一月になるのですから、そろそろダルレの衣装はおやめになってはいかがですか」

上から下まで無遠慮に眺められる。

「服装について、あなたにとやかく言われる筋合いはありません。私は私の着たいものを着ます」

苛立ちを隠さずそう言い返して、ユアンは薬処を出た。

ユアンとて、好きでダルレの服を着ているのではない。素性がばれないよう、仕方なく全身を覆い隠すこの服を身につけているのだ。

部屋から出るなとは言われていたが、大人しくしているつもりはなかった。抑制剤が手に入らないのなら、王宮を抜け出してでも、自ら買いに行くつもりだった。いや、王宮を抜け出せるなら、そのまま出奔してしまおうか。アルワド共和国まで辿り着くことができれば、自分一人生きていくくらいはできるだろう。

……だが。

春の間に戻る途中、ユアンは足を止めて、回廊から外を眺めた。

ダルレとは桁違いの大きさを誇る宮殿は、断崖の上にそびえ立っている。

部屋からは街が見渡せ、解放感に溢れているが、外へ出るためには、幾重(いくえ)もの城壁と近衛兵による警備をくぐり抜けなければならない。

王太子宮だけでも、到底把握できないほどの広大な宮殿だ。綿密(めんみつ)な計画を立てなければ、すぐに見つかって連れ戻されることは火を見るより明らかだった。

ぼんやりしていたユアンは、近付いてくる話し声に気付き、我に返った。

話し声は女官達のもので、ユアンの姿を目にするなり、ひそひそと小声でのやり取りがはじまる。

——あの方じゃない？　ダルレの衣装を着ているわ。

——ずいぶん背が高いのね。……本当に女性なの？

——女性じゃなかったら、いくらオメガだって、妾にはなれないでしょ。

——どうやって王太子殿下をたぶらかしたのかしら。

——そりゃあ、オメガだもの。あっちが凄かったんでしょ。

クスクスと悪意ある笑い声を上げて、女官達はユアンの側を通り過ぎた。

顔を上げると、樹木の陰や回廊の向こうから、いくつもの冷たい視線が自分に注がれていた。

ダルレほど酷くはないにしろ、この国にもオメガへの差別はある。

ルキアスのおかげで嫌がらせをされることはないが、彼らはあからさまな侮蔑や敵意をユアンに向けた。

ユアンは「自国の王太子を誑(たぶら)かす性悪女」なのだ。

敬って欲しいわけではない。「妾」と認めて欲しいとも思わない。

ただ、ルキアスとアーロ、そしてヨラ以外に話す相手もなく、向けられるのは悪意ばかりという環境は、ユアンの心を次第に荒ませていった。

石の塔から出られても、入る籠が変わっただけで、自分が翼を切られた鳥だという事実は変わらないのだ。

小走りに私室に逃げ込む。

ルキアスの命により、清掃の時間を除き、この部屋には使用人の入室は許されていない。自分を閉じ込める籠が唯一安心できる場所だというのは皮肉なものだ。

深いため息をつき、暑苦しい頭の布を取り去ったとき、見るのも不快な男――ヨラが衣装部屋から現れた。

「どちらへ行かれていたのです？」

「答える必要はない」

不機嫌に返すと、ヨラはクンと鼻を小さく動かした。

「薬草の匂いがしますね。薬処へ？」

「……」

「抑制剤ですか。処方できないと言われているのに、ユナ様は諦めの悪いお方だ」

「その名で呼ぶな！」

ユナ、と呼ばれた途端、苛立ちが腹の底からせり上がってきて、ユアンはヨラを怒鳴りつけた。

ヨラは二人でいるときにも、ユアンを「ユナ」と呼ぶ。

その呼び方にはいつも蔑みが含まれているようで、ユアンの神経を逆撫でする。

しかし、怒鳴られてもヨラは全く意に介した様子がなく、薄笑いを浮かべるだけだった。

「ユナ様、ルキアス殿下からまた、贈り物ですよ。お美しいユナ様に似合いそうなものをいただきました。ご覧になりませんか」

ヨラが差し出したのは、薄い布地の服と、顔を顰めたくなるくらい華美な首飾りだった。

ルキアスがこうして贈り物をしてくるのは、初めてではない。ユアンが見たこともないようなアクセサリーを、色々取り混ぜて贈ってくる。

アクセサリーは普通、女性へ贈る物だ。ユアンにとって、ルキアスにアクセサリーを贈られることは、「ユアン」を否定されることと同義だった。

対等に肩を並べてきた人間を、どうして第二の性が変わっただけで「女」扱いできるのだろう。

「呼ぶまで部屋には来るなと、何度言ったら分かる？」

ヨラの手からルキアスの贈り物を奪い取り、全て衣装部屋の奥深くに押し込めると、ユアンは息をついた。

少し疲れた。

何だか身体が重く、熱っぽい気がして、ぎくりとする。発情期が来てしまったのだろうか。

まだ、抑制剤を手に入れていないのに――。

動揺したことが引き金となったのか、次の瞬間、身体の奥からマグマのような熱がせり上がってくる。

身体から力が抜け、下腹に、痺れるような感覚が広がっていく。

「……っ」

ユアンは床に崩れ落ちた。

自分でもそれと分かる甘い香りが、周囲に漂い始める。

抑制剤を飲めばすぐにこの症状は落ち着くのに、このまま抑制剤を飲めずにいたら、どうなってしまうのだろう。

恐怖のあまり、身体が小刻みに震えだした。

ルキアスに抱かれ、子を孕むのが自分の仕事だと、薬師は言った。けれど、どうしても嫌だ。男の自分が、同じ男のルキアスに力で押さえ込まれ、足を広げられて、雄を受け入れさせられる。あの屈辱的で、心が壊れそうな行為だけは、もう二度としたくなかった。

何よりも、身体の奥深くまで入り込まれて、中に子種を注ぎ込まれるのを身体が勝手に喜び、満たされたことが、ユアンには受け入れられなかった。

今もそうだ。

ユアンの心とは裏腹に、隘路はまた熱い塊を入れて欲しいと、愛液を溢れさせる。

まるで炎に巻かれたかのように身体が熱い。

息苦しく、呼吸が段々荒くなっていく。普段は意識しない胸の飾りが熱を伴ってぷくりと尖り、そこを弄って欲しいと、切なく疼く。

大きな発情の波が間断なく押し寄せて、ユアンを翻弄する。

何でもいいから楽になりたい。

無意識のうちに、ユアンは服の裾から下肢に指を忍ばせた。

まだ辛うじて自分は男だと主張している雄を握り、ゆっくりと扱く。

腹に着くほど勃起していた雄はみるみるうちに先端の鈴口から透明な液を零し始める。

けれど、いくらそこを擦っても、発情の熱は治まらなかった。

それどころか、屹立を扱く度、前も後ろも切なさが増して、堪らなくなる。

ユアンは指を、愛液に濡れる後口に突き込んだ。それだけはしたくないと頑なに思っていたことも、もはや頭になかった。

少しでも楽になりたい一心で、指をぐちゃぐちゃに動かす。

「あ、あっ……ふ、ぅん」

身体が喜び、指をぎゅうっと喰い締める。

快楽が背筋を這い、もっともっとと腰を揺らす。

淫(みだ)らな声を零しながら、ユアンは眦から涙を零した。

どんなに指を動かしても、一向に楽にならない。それどころか、指では届かない奥の疼きが次第に増し、ユアンを惑乱させる。

誰かが、近付いてくる。

のろのろと頭を上げると、ヨラが自分を冷めた目で見下ろしていた。

「発情期ですか」

自慰にふけるユアンを笑うでもなく、淡々とそう言って、ヨラはユアンの腕を取った。

強い力で、強制的に立ちあがらされる。けれど、足に全く力が入らず、ユアンはその場に再び腰を落とした。

「よく、せいざい、を……」

恥も外聞(がいぶん)もなく、ヨラに縋る。誰でもいい。この苦しさから解放して欲しかった。

しかし、ヨラはユアンの頼みを聞くなり、ふんと鼻を鳴らした。

「そんなもの、お渡しするわけがないでしょう」

冷たくそう言い放つと、床にへたり込んでいるユアンを軽々と担ぎ上げる。

乱暴に寝台に下ろした後、ヨラは赤い紐を懐から取り出し、ユアンの両手を頭上できつく縛り上げた。

その意味を、ユアンは知っていた。

赤の紐で両手を縛られた人間は、貢ぎ先が決まったオメガの証。

両手の自由を奪い、自慰すらできないようにして、オメガの思考を奪うためのもの。

紐の端を寝台の支柱に繋がれ、下肢だけ服を脱がされる間、ユアンはショックのあまり、声すら上げられなかった。

「そんな不安そうな顔をなさらなくても、一時間もすれば、抑制剤より子種が欲しいと懇願するようになりますよ」

満足そうな笑みを浮かべてそう言い放ち、ユアンの耳元に顔を寄せる。

「一日も早く、ルキアス殿下のお子を……できれば王子を身ごもってください。お子ができれば、あなたの地位は保証され、ダルレ王国の将来も安泰になります」

踵を返し部屋を出ていくヨラを、ユアンは呆然と見送った。

放置するつもりなのか、それともルキアスに知らせに行ったのか……。

どちらにしても、ユアンにとっては地獄の始まりでしかなかった。

ユアンが発情期に入った。そうヨラから伝えられた時、ルキアスは迷った。

ユアンが発情期の苦しさに耐えるつもりなら、自分はむしろ行かない方がいい。

無理強いはしないと、約束したのだ。

だが、本当に薬無しで耐えきることができるのだろうか？

もし、あの蠱惑的な匂いに釣られ、不埒な輩が部屋に押し入りでもしたら——。

結局、半時も保たず、ルキアスは半ば走るようにしてユアンの下へ向かった。

指示したとおり、アーロが王太子宮の人払いをしたらしい。王太子宮は奇妙に思えるほど静まりかえっていた。

ユアンが住まう春の間の扉に手をかけ、ルキアスは一度深呼吸をする。

あの官能的で甘い香りが外にまで漏れ出していた。

「声をかけるまで、誰も近づけるな」

アーロにそう言い、ルキアスは扉を開けた。

昼間だというのに、外の世界を遮断（しゃだん）するようにカーテンが閉められた室内は暗く、むせ返るような甘い香りで満ちている。

発情（ラット）を制御するため、ルキアスは予（あらかじ）めアルファ用の抑制剤を飲んでいた。

それでも理性を持って行かれそうになるほど、ユアンの香りは蠱惑的だった。

理性を飛ばしてユアンを乱暴することだけは、絶対にしない。ルキアスは拳を握りしめ、きつく自分にそう言い聞かせる。

探すまでもなく、ユアンの香りは寝台の方から強く漂ってきていた。

「ユアン？」

天蓋の布をたくし上げたルキアスは、驚いて目を見開いた。

ユアンはあられもない姿で、両手を縛られ、身動き取れないようにされていた。いつからこの状態なのか。身体は赤く染まり、発情の波に耐えかねて、小刻みに震えている。うつろな目は涙で濡れ、ルキアスの姿にも、僅かも動くことはなかった。

誰がこんなことをしたのか。思い浮かぶ人物は、一人だけだった。

ユアンの身体をシーツで覆い隠し、ルキアスは懐のナイフで紐を切った。

拘束から逃れようと暴れたのか、手首には鬱血の跡がくっきりと付いている。

「ヨラ！」

ふつふつと溢れ出す怒りを抑えられず、ルキアスは怒声を発した。すぐに扉が開き、ヨラとアーロが姿を現す。膝を突いたヨラを、ルキアスは睨み付けた。

「お前がやったのか」

切った紐を目の前に突きつけると、ヨラは表情も変えずに「はい」と頷く。

「ダルレ王国では、オメガをアルファに献上するとき、赤い紐で両手を縛るのが慣例となっています」

それを聞いた瞬間、ルキアスはヨラの喉元を掴み、強引に立ちあがらせた。息を止められて苦悶の表情を浮かべるヨラに、顔を近づける。

「ユアンは献上品ではないし、アルファの慰み者でもない。いいか、こんなことは二度とするな。もしまた同じ事をしたら、ベータだろうがなんだろうが、お前も同じ目にあわせる。よく覚えておけ！」

掴んでいた手を離すと、ヨラは盛大に咳き込みながら床に崩れ落ちた。

「ルキアス様、後は私にお任せください」

アーロがそう言い、半ば引きずるようにしてヨラを外へ連れ出していく。

「ユアン……。つらい思いをさせて、すまなかった」

ルキアスはアフタビアに来てたった数週間で、また少し痩せてしまったユアンを胸に抱き寄せる。黒髪に口づけると、ユアンは微かに身じろいだ。

震える声で、ユアンが何かを呟く。

「何だ？」

耳を傾けると、ユアンは荒い息をつきながら、ルキアスの服のあわせに手を伸ばし、ぎゅっと掴んだ。

「……たす……け、て」

ユアンはぼろぼろと涙を零した。理性を失っているのか、目の焦点が合っていない。

やがて、抱き締めるだけで何もしようとしないことに焦れて、癇癪を起こした子供のようにルキアスの胸を叩き、自分の雄を扱き始める。

「うっ、くっ、……ン」

力が入らないのか、もどかしそうに腰を揺らして、涙で潤んだ瞳を上向け、噛みしめて赤くなった唇を「して」と動かす。

ユアンの痴態に、ルキアスはぐっと奥歯を噛みしめた。

アルワド共和国にいた頃は、色恋とは無縁の、清廉なユアンの姿しか見たことがなかった。そういう話をしてはいけない清涼な空気感が、ユアンには常に漂っていた。

今のユアンは、あの時の彼とはまるで別人だ。

たとえ自分がベータだったとしても、このユアンには、きっと抗えない。

「……ルキ、アス」

名前を呼ばれた瞬間、ルキアスは一度きつく目を瞑り、覚悟を決めた。

「ユアン、すまない」

囁いて、ユアンを寝台に横たえる。

フェロモンに当てられて理性を失い、獣のようにユアンを抱いたあの時とは違う。

ユアンが本心ではこういうことを望んでいないと分かっていて、それでも自分の意志で、責任で、ユアンを抱く。

焦点の合っていないユアンの髪を梳き、涙に濡れる目尻にキスを落として、ルキアスはユアンの上着の前を開いた。

できるかぎり優しくしたいと思いながら、尖った胸の飾りを口に含む。

「は、……、ん」

身体を揺らし、ユアンが堪らなそうに吐息を漏らした。

胸の粒を舌で転がし、甘噛みしながら自身の衣服をくつろげる。身悶えるユアンを見ているだけで反り返るほど勃ち上がった雄を、ルキアスはユアンのそれと重ね合わせた。

二本まとめて握り、手を動かすと、ユアンが怯えたようにはっと目を見開く。

「や、いやだ…」

首を振って嫌がるのを、ルキアスは啄(ついば)むような口づけを落として宥めた。

唇が触れあうだけで、愛おしさが胸の中にこみ上げてくる。唇を甘噛みし、ぺろりと噛んだ場所を舐めると、ユアンはそれ以上の侵入を拒むかのように、唇を引き結んだ。

理性を飛ばしているのに、頑なに唇を閉ざしたままでいるのに焦れて、ルキアスはユアンの雄の鈴口を親指で抉る。

「あっ」

ひくりと喉を震わせ、思わず口を開けたのを見逃さず、ルキアスは深く唇を合わせた。

舌を差し入れると、ユアンの舌が怯えたように縮こまる。

口蓋を舐め、唾液を啜りながらまたゆるゆると雄を扱く。ユアンの鈴口から溢れ出した熱い愛液が、ルキアスの雄をも濡らし、擦り上げる手に卑猥な水音を加えていく。

ユアンが苦しそうにもがき始めたので、ルキアスは一度唇を離した。

ユアンの赤い唇から、唾液が糸を引いて落ちる。

雄を重ね合わせていることよりも、唇を重ね合わせ唾液を分け合うことの方が、ずっと官能的で淫らな行為に思えた。

二度目に唇を重ねたとき、ユアンはもう拒まなかった。とろりと溶けた顔をして、ルキアスの舌をたどたどしく受け入れる。

本心ではないと分かってはいても、ユアンから求められることに言いようのない喜びを覚え、夢中でその熱い舌を追い求めた。

自分の身体の下で、ユアンがかくんかくんと腰を動かしている。その様子があまりにも可愛くて、ルキアスは一度動きを止め、暴走しそうになる本能をぐっと押しとどめた。

ユアンが完全に発情の波に呑み込まれ、理性を失っているのは明らかだった。

そうでなければ、あんなに嫌がっていた自分との行為を、受け入れてくれるはずがなかった。それが分かっているのに、そして、理性が戻った後で傷つくことも知っているのに、それでもルキアスはこの行為をやめることができなかった。

ユアンが発情期の熱に耐えられなければ、たとえ憎まれてでも抱こうと決めていた。愛していからこそ他のアルファには渡したくなかった。

このまま続けてしまえば、今よりもっと嫌われ、憎まれるかもしれない。

けれど、それでもいい。

せめて、オメガのフェロモンに抗えないのではなく、女扱いをしているのでもなく、愛しているから抱きたいのだと、口にしなくてもユアンが気付くほどに、慈しみ、愛を注ごう。ルキアスはユアンの額にそっと口づけた。

雄から手を離し、ユアンの内腿を軽く押しひらく。

ユアンの身体がぴくりと震え、期待と、少しの怯えがその瞳に宿る。

あやすように頭を撫でて、ルキアスは濡れそぼつ後口に触れた。入り口が歓喜に震え、とろりとした愛液を溢れさせる。

「ふ、あっ」

ぐちゅりと卑猥な音を立て、後口はすんなりとルキアスの指を受け入れていく。

熱を帯びた内壁が進入を喜び、指をきゅっと締め付けてくる。

「ああ、っん！」

熱い内部を少し探っただけで、軽くイッてしまったらしい。

ルキアスの指を痛い程に締め付け、身体をしならせて雄から白い液を吐き出すユアンに、ルキアスはごくりと喉を鳴らした。

可愛すぎて、全てを持って行かれそうになる。

だが、いくら熱く潤んでいても、性急に中に押し入れば、ユアンを傷つけ、痛みを与えてしまうことになるだろう。

深呼吸で自らを落ち着かせ、ルキアスはユアンの中を再び探り始めた。

中が緩んで来たタイミングで指を二本に増やし、抜き差しを繰り返して様子を見る。

「あっ、やだ、やめ、やっ」

指を三本に増やした途端、快楽にひたすら溺れていたユアンが、ルキアスの指から逃れようとした。

痛かったのだろうか。ルキアスは指の動きを止める。

「あっ、な、なんでっ」

ユアンはルキアスを振り仰いだ。

自分で腰を動かして、ルキアスの指をいいところに当てようとする。

痛かったわけではなさそうだと分かり、ルキアスは安堵した。

僅かな苦痛も、ユアンには与えたくなかった。

「ユアン……」

その涙を唇で吸い取って、ルキアスはユアンの足の間に腰を進めた。

「いいか？」

聞くと、涙に濡れた顔で、ユアンはルキアスを見返してきた。

ここで、ユアンに可否を問うのは無意味だと、ルキアスも分かっていた。発情期の熱に支配されたユアンには、頷くしか選択肢がない。

卑怯だと分かっていたが、それでも、ルキアスはユアンからの了承が欲しかった。

「ユアン」

促すように名前を呼ぶと、ユアンは蕩けた顔で小さく頷いた。

猛った切っ先を、入り口へと押し当て、潜り込ませる。

「……っ、は、ん」

ユアンの中は熱く、ぬかるんでいて、ルキアスを待ちかねていたように収縮しながら雄に絡みついてくる。

狭い中をじっくり開くと、ユアンの身体から、ふわりと花のようなあの匂いが立ち上った。瞬時に吹き飛びそうになる理性を、何とか押しとどめる。

額に滲む汗を無造作に拭い、ルキアスは深呼吸を繰り返した。

相性などという生ぬるい言葉では言い表せない。

少しでも気を抜けば、あっという間に快楽という名の濁流に呑み込まれてしまいそうなほど、ユアンの中は気持ちがよかった。

一段と強くなるフェロモンに誘われるようにして、ルキアスはじりじりと雄を押し入れていく。

「あっ、やあっ……」

質量に驚いたのか、一瞬ルキアスの身体を押しやろうとする仕草をみせたものの、すぐにその手は力を失った。

気持ちがいいのか、ユアンの全身がふわりと赤くなり、小さく震え出す。

涙を溢れさせながら、ユアンは熱っぽい吐息を零した。

「ユアン、愛している」

中へ中へと押し進める度、内壁がぎゅうっとルキアスの雄を包み込み、締め付けて離すまいとしてくる。

つらいのか、それとも感じているのか。

何かに耐えるように親指の付け根をかじっているユアンからその手を奪い取り、指と指を絡ませて手をつなぐと、ルキアスはそこに付いた歯形を舐めた。

それに応えるかのように、中が収縮し、ルキアスの怒張を喰い締める。

ユアンの身体から力が抜けるのを待って、ルキアスはゆっくりと抜き差しを始めた。

快楽に煽られて次第に目が潤み、呼吸が荒くなっていく。

「あ、んっ」

少し強く奥を突くと、ユアンはあられもない嬌声を発した。ルキアスの雄が抜けそうになる度、腰を高く上げて引き留め、もっともっとと快楽を強請る。

空いている手で頭を抱き、ユアンに口づけた。

結合がぐっと深くなり、ユアンの身体から一際濃密なフェロモンの香りが立ち上る。

ルキアスの唇を、ユアンは拒まなかった。そればかりか、自ら唇を開き、ルキアスの舌に舌を絡めてきた。

シーツを掴んでいた手がルキアスの背中に回り、ぎゅっとしがみついてくる。

その瞬間、言いようのない気持ちが胸の奥からこみ上げてきて、ルキアスを呑み込んだ。

「ユアン、ユアン……。好きだ、愛してる」

ルキアスはユアンに口づけながら、ユアンの身体の最奥を抉った。

「んっ、ふぁっ、……っ」

寝台が軋み、結合部がいやらしい水音を立てて泡立つ。

「……っ、っ……」

ぶるぶると身体を震わせて、ユアンの雄が二度、三度と白濁を吐き出した。

絞るような中の動きに煽られ、ルキアスはユアンがイッていると分かっていて、再び奥を激しく突いた。

「あーっ！」

反応の大きいところを狙って突き上げると、ユアンがルキアスの背に爪を立てた。中の蠕動（ぜんどう）が激しくなり、ユアンの顔がくしゃくしゃに歪む。

もう保たないと思った瞬間、凶暴なほどの「噛みたい」という衝動が襲ってきた。

それを堪え、ルキアスはユアンの身体の奥に欲望の証を注ぎ込む。

少しの背徳感とともに、心が穏やかに満たされていく。

長く、たっぷりとした射精の後、ルキアスはようやく雄を引き抜いた。男を受け入れた証拠に色と形を変えた蕾から、ルキアスの精液が溢れ、零れ落ちる。

ユアンは快楽が過ぎたのか、気を失っていた。

汗の滲んだ額を拭ってやり、興奮で朱に染まった頬を指の背でなぞる。

相変わらず睫（まつげ）が長く、目元の泣きぼくろが色っぽい。体型も顔つきも男で、女性のようなかわいらしさはないのに、それでも愛おしく思えるのだから、不思議だ。額に柔らかく口づけてから、ルキアスは寝台を下りた。

濡らした布を用意し、眠り込んでいるユアンの身体に押し当てる。

愛液にまみれた身体を拭き清め、自分の精で汚してしまった中を綺麗にしようとした時、ユアンがゆっくり目を開けた。

「ユアン、大丈夫か？」

頷いて身体を起こそうとして、ユアンはぎくりと動きを止めた。

顔色がみるみるうちに白くなっていく。

「中で、出したのか？」

「……出さなければ、オメガの発情は治まらない」

静かに言うと、ユアンは絶望した顔つきになった。

「いやだっ、こども……うみたく、ない……っ」

そう言いながら、惑乱したように突然後口に指を差し入れ、ルキアスの精子を掻き出そうとする。

「ユアン、やめろ！」

ルキアスは慌ててユアンの腕を掴み、暴れる身体を腕の中に抱き込んだ。

「離せっ、離して、……」

「アーロ！」

ユアンの身体にローブを着せ掛け、ルキアスは外に向かって叫んだ。

アーロが入ってきて、ルキアスが指示する前に丸薬の入った瓶を差し出してくる。

「ユアン、落ち着け。避妊薬だ。これを飲めば妊娠はしない」

丸薬を取り出すと、ユアンは奪うようにそれを掴み、飲み込んだ。

ほっとしたのか、そのまま再び気を失ってしまう。

「ルキアス様……」

不安そうにルキアスを見るアーロに、ルキアスは大丈夫だと頷いて見せた。

蒼白な顔に、涙の筋が痛々しい。

力の抜けた身体を抱き留め、ユアンの黒髪を撫でながら、ルキアスはじっと宙を睨んだ。

――ルキアス、やっぱり戻ろう。

暗闇の中、先を歩いて行くルキアスに、ユアンは小声で話しかける。

――どうして？

振り向いて首を傾げたルキアスは、あどけなさをその顔に残していた。

金色の髪の毛が、外からの微かな光に、きらりと光っている。

――どうしてって……。夜間の出歩きは禁止されてるだろう。仮にも生徒会役員の俺たちが、こんなこと……。示しがつかない。

ルキアスの制服の袖を引くと、ルキアスはおかしそうに笑った。

――ユアンは心配性だな。少しくらい大丈夫だよ。遠出するわけじゃないんだし。

――でも、部屋にいないことがアーロにばれたら、大騒ぎになるかも。

――アーロなら、大事にはしないさ。後で説教はされるだろうけど。

大丈夫だから行こうと言って、ルキアスはユアンの手首を掴んだ。

ぐっと手を引かれて、有無を言わさず歩かされる。

誰かに見つからないかと不安なまま階段を上りきると、ルキアスは小窓に手をかけた。

開けるときにがたがたと大きな音がして、ユアンは思わずルキアスの手を掴む。

――ルキアス！

静かに、と唇に人差し指を当てると、ルキアスは首を竦めて見せた。

人一人、ようやく通るのがやっとの小窓をくぐり、ルキアスが先に外に出る。

――ユアン。

外から手招きされ、ユアンは背後を振り返って誰もいないことを確認すると、おずおずとルキアスの後に続いた。

こんな所から外へ出るなんて、正気だろうか。

困惑しながら、小窓を何とかくぐり抜ける。

屋上…というよりは屋根の上なので、足場は細い板のみだ。

落ちたら死ぬのではとぞっとしていると、横からルキアスの手が伸びてきて、ユアンの身体を抱き寄せ、比較的安全な足場に移してくれた。

――風が強いから、気をつけて。

そう言いながら、軽い足取りで、屋根の上を歩き出す。

春の嵐にも似た風は、花の香りか木々の匂いか、甘く、僅かに湿気を含んでいた。

風にローブをはためかせながら、ユアンは這うようにしてルキアスの後を追った。足場とも呼べない屋根の上を伝っていくと、やがて人が数人寝転べそうな、バルコニーのような場所に出た。

――いい所だろ？

ルキアスは悪戯っぽく笑みを浮かべ、ごろりと寝転んだ。

――いつもここでサボってるのか？

――たまに、息抜きしたいときだけな。……誰にも言うなよ？

――言えるわけない。

苦笑いで答えると、ルキアスは横に来いとばかりに、自分の隣を軽く叩く。

素直にルキアスの隣に横になり、ユアンは思わず声を上げた。

見たこともないほどの満点の星空が、そこには広がっていた。

――……すごい。

――だろ？　今日は流星群が特別よく見える日なんだ。ほら、あっ、あっちにも。

ルキアスが指さす方を目で追う。

まるでルキアスが魔法を使っているかのように、彼が指先を動かすたび、星がスッと流れては消えていく。

山間部にあるダルレ王国でも、今日ほど空を近くに感じたことはなかった。ひとつ、ふたつ、流れ去っていく星々は、やがて群れとなり、光の帯となって夜空を銀色に染め上げる。

空に呑み込まれてしまいそうだと思いながら、ユアンは呆けたように頭上の星を眺め続けた。

隣で同じように星を見上げているルキアスが、微かに身震いして、ユアンにぴたりとくっついてくる。

——寒いのか？

——少し。

——そんな薄着で来るからだろ。

文句を言いながら、ユアンは一度起き上がってローブを脱ぎ、毛布のように二人の身体の上に掛けた。

身体をぴたりと寄せ合い、温もりを分け合う。

歩くときに肩を組まれたり、気がつくと寄りかかられていたり、普段からルキアスは馬鹿みたいに距離が近い。

初めこそ、その距離感に戸惑ったが、今ではもうすっかり慣れた。

むしろ、ルキアスが親しい人間相手にしかくっつかないことに気がついてからは、べたべたされることに軽く優越感を覚えるほどだった。

ルキアスが、甘えるようにコツンと頭をぶつけてくる。

――知ってるか？　アルワドでは、流れ星に願い事をすると、その願いが叶うって言われているらしい。

――……流れ星に願い事？

――そう。ああやって、星が流れ落ちるまでに、願い事をするんだ。

やってみようと挑戦して、ユアンは思わず笑ってしまった。

――無理だよ。星が流れ落ちるのが早すぎる。

――願い事が長すぎるんじゃないのか？

――そんなわけないだろ。

――いや、ユアンは堅苦しいから、きっと正確な文法で願い事を言おうとして……。

ムッとして、ユアンは無言のまま、ルキアスからローブをはぎ取った。

――ちょっ、嘘だって！　ユアン、寒いっ。

――人のこと馬鹿にするからだろ。少し冷たい風に当たって、頭を冷やせよ。

冷たく言って、ユアンはローブを身体に巻きつけた。

――ユアン、悪かったって……。

情けない声を上げて、ルキアスがユアンに抱きついてくる。

ルキアスを無視して、ユアンは星々が流れるのを目で追った。

願うことは、たった一つだけだ。

できることなら、いつまでも……。


「ユアン？　ユアン！」

不安そうな声の誰かに身体を揺すられて、ユアンはうっすらと目を開けた。

頭上に、あの時と同じ、満点の星空が広がっている。

そして、思い詰めた顔で自分の顔を覗き込んでいるのは……。

「……ルキアス？」

呟くと、目の前の男は安堵した様子で大きく息を吐いた。

「……よかった。息をしていないかと思った」

憔悴（しょうすい）したように言うのを不思議な思いで見つめ、少し遅れてユアンはハッとした。

飛び起きて、自分がどこにいたのかを思い出す。

アフタビア王国の、春の間にある、庭園の中だった。身体の下のタイルはひんやりと冷たく、風のにおいはアルワドのそれと違い、海の塩気を含んでいた。

――……夢。

呆然と星空を見上げる。

「ユアン？　大丈夫か？」

声をかけてくるルキアスから目を逸らし、ユアンはふらつきながら立ちあがった。

ルキアスとは、もう何日も口を利いていない。

できることなら、顔も見たくないし、声も聞きたくなかった。

ああそうだ、とユアンは思い出した。

星があまりにも綺麗だったから、アルワド共和国でのあの夜のように、流れ星に願い事をしようと思ったのだ。ルキアスと一生涯の友でいたいという無邪気なあの夜の願いを、取り消してしまおうと思って。

「ユアン」

足に力が入らず、ふらりとよろめいたユアンの身体に、ルキアスの手が触れる。

反射的にそれを払いのけて、ユアンは逃げるように室内へと入った。

アフタビア王国に来てから、四ヶ月が過ぎようとしていた。

その間、ユアンは二度、脱走を企てた。だが、二回とも、王宮から出ることもできずに捕まってしまった。

それならばと、何とかして抑制剤を手に入れようとした。手に入らないのならと、書庫に通い詰め、抑制剤の作り方も学んだ。だが、もう少しというところでいつもルキアスに阻まれた。

得体の知れない薬を飲んで何かあったらどうするとルキアスは怒ったが、それが本心だとは到底思えなかった。

逃げることも、発情を抑えることも叶わずに、ルキアスを受け入れるしかない日々を送るうち、ユアンは一体何のために生きているのか分からなくなった。

このままここで屍のように生きることに、何か意味があるのだろうか。

愛しているとルキアスは言うが、その言葉を、ユアンは受け止められなかった。

自分たちは、親友ではなかったのか。

こんなことを、ルキアスはずっと望んでいたというのだろうか。

それはひどい裏切りに思えた。

目の前にいるルキアスと、あの頃の彼とは、全くの別物になってしまったのだ。

大好きだった、親友は、もうどこにもいなくなってしまった。

今のルキアスとは一緒にいたくない。会話すら、苦痛で堪らない。

だが、いくらユアンが無視をしても、ルキアスは毎日こうしてユアンの所に顔を出す。

無視されたことなどなかっただろう男は、ユアンの態度に戸惑い、日に日に元気がなくなっていく。

傷ついたのは自分の方だ。

信じていた友の手によって、完璧にオメガに、女にされてしまったのだから。

ユアンの気持ちなど、「男」で「アルファ」のルキアスには、永遠に分からないだろう。

気まずい沈黙が、薄暗い部屋に重く垂れ込める。

かつての自分たちの間には、なかったもの。

不意に、熾火(おきび)に炙(あぶ)られるような感覚が身体の内側から立ち上ってきて、ユアンは泣きそうになった。

この、覚えのある感覚が始まる度に、心は絶望に黒く塗りつぶされていく。

定期的にやってくる発情の波に、抗う気力はもうなかった。ただ、黙って足を開き、その時が過ぎ去るのを待つだけ。

そうやって心を押し殺すことだけが、今のユアンにできる、唯一のことだった。

立ちあがり、寝台の脇にあるテーブルの引き出しを開け、瓶から丸薬を取り出して飲み込む。

直後、ユアンはルキアスに手を取られた。

「何を飲んだ?」

険しい顔で聞いてくるルキアスの顔を、ユアンは虚ろに見返した。

「……避妊薬」

「発情期が来たのか？」

「ほかに、避妊薬を飲む理由がある？」

突き放され、黙り込むルキアスに、何だか可笑しくなってユアンはふっと口元を歪めた。

「……抑制剤はダメなのに避妊薬はいいなんて、この国は狂ってる」

言い捨てて、ユアンは自ら服に手をかけた。

全裸になり、ルキアスを振り返る。

最近碌に食事を取っていないせいだろうか。肉が落ち、骨が目立つようになった薄い身体は、どうみても性欲を刺激する肉体には見えない。

けれど、アルファにとっては、そんなことはどうでもいいのだろう。

どうせ、オメガの誘引フェロモンのせいで、理性など残っていないのだろうから。

「……さっさと終わらせて」

促すと、ルキアスは青い顔をして、何だか泣きそうな顔つきになった。

逡巡を見せた後でユアンに手を伸ばし、そっと抱き寄せてくる。

こめかみに、額に、ルキアスの唇が触れた。

恋人にするような動作の一々が煩わしく、疎ましい。

優しい触れ合いも、愛撫もいらない。アルファがユアンの胎内で射精すれば熱は治まるのだから、さっさと挿れて、出せばいい。

「ユアン……好きだよ」

ユアンの頭に頬をつけて、ルキアスが泣きそうな声でそう囁いてくる。

ダルレの塔の上でそう告げられたあの日から、ルキアスが愛を囁かない日はない。

だが、好きだと言われる度、ユアンの心は石のように固く、冷たくなった。

ルキアスの言う好きの意味は、自分にはきっと、一生理解できない。

無言でいるユアンの唇に、ルキアスは軽くキスをする。心とは裏腹に、雄を受け入れることに慣れてしまった身体からは力が抜け、柔らかく開いていく。

羽根をもがれた鳥に、自由はない。

地を這い、もがき苦しんで死ぬだけ。

自分はまさしく、その鳥だった。

「ルキアス様！　いらっしゃいますか?!」
街に遣いに出したアーロが慌てた様子で戻って来たのは、今にも雨が降りそうな、どん

よりとした雲が漂う午後のことだった。

「どうした?」

「至急お耳に入れたいことが」

アーロは革袋から数点のアクセサリーを取り出してルキアスの机の上に並べる。

金の細い鎖に黒い宝石をあしらった、繊細な作りの腕輪と首飾り。

見覚えのあるそれに、ルキアスの眉間に皺が刻まれる。

ユアンの瞳の色と同じこの石を気に入り、デザインさせて彼に贈ったものだ。

「これがどうした?」

アーロは、アクセサリーの隣に茶色の小瓶を置いた。

「このアクセサリーを売り払った女が、街の露天商で買い求めていた薬です。違法に製造された、オメガ用の、抑制剤のようです」

「詳しく話せ」

「街で、偶然王太子宮付きの女官を見かけたのですが、怪しい動きをしていたので、念のため跡を追いました。女は宝飾品店に入っていき、その後、露天商からこれと同じ薬を買っていました」

「それで?」

「王宮の門をくぐる所まで見届けましたが、押収物の中に、これと同じものはありませんでした。何らかの方法で、中に持ち込んだようです」

ルキアスは、小さくため息をついた。

「……ユアンの指示か」

「恐らくは」

ルキアスは痛み始めたこめかみを軽く揉むと、椅子の背もたれに背中を預け、目を閉じた。

食事を碌に取らず、骨の形が分かるほどに痩せてしまったユアンの姿が脳裏に思い浮かび、重苦しい気持ちになる。

逃げることも抑制剤を手に入れることも叶わないと分かってからは、急に、魂が抜けたようになってしまったユアン。

今は話しかけても反応もせず、ただ人形のようにそこにいるだけだ。

どんなに愛を囁いても、ユアンから返される言葉はない。発情期に入れば自ら足を開くが、それはルキアスの想いを受け入れてくれたからではない。そうしなければ発情期の熱に苦しむだけだと知っているからだ。

どうしたらいいのか、ルキアスは分からなくなっていた。

ユアンを愛している気持ちに変わりはない。

けれど、このままでは、ユアンは壊れてしまう。

どんなに危険だったとしても、アルワド共和国に送り出してやったほうがいいのだろうか。いや、そんなことをすれば、ユアンはあっという間にダルレに連れ戻され、再び売られるか、殺されてしまうだろう。

アルワドは遠い。

ユアンの身に何かあっても、王太子という身分の自分は、すぐには助けに行けない。

そう考えると、どうしても、ユアンのことは手放せなかった。

エゴだと罵(ののし)られたっていい。もう二度と、ユアンを失いたくない。

どうすれば、ユアンの心の安寧を取り戻すことができるのか。

答えを導き出せないまま、ルキアスは立ちあがった。

「これを買った女官を探せ。どんな事情があれ、王宮への薬剤の持ち込みは重罪だ。捕らえて経緯を聞き出せ」

「既に命じてあります。念のため、薬の成分を調べさせますか?」

「ああ」

ルキアスが頷いた時だった。

開きっぱなしだった窓から、ログが飛び込んでくる。ルキアスが差し出した手に止まると、翼を広げて甲高(かんだか)く鳴いた。

足に、黄色いリボンが付けられている。

それを見て、ルキアスはさっと青ざめた。

王太子宮と王宮は少し離れているため、ユアンの身に何かが起こったときは、ログを使って知らせるようにとヨラには言い含めてあった。緊急性はないが、ルキアスと連絡を取りたいときは青色のリボン。緊急事態を知らせる時は、黄色のリボン。

「王太子宮に戻る」

咄嗟にアクセサリーを掴んで懐に入れると、ルキアスは春の間へ急いだ。

半ば走るようにして王太子宮へ戻り、先触れもノックもなく扉を開いたルキアスは、一瞬怯んで歩みを止めた。

火を使ったのか、妙に蒸している室内には、薬草の匂いが充満している。

寝台の脇にヨラがいて、苦しそうな息を吐いているユアンに、無理矢理薬湯(やくとう)を飲ませていた。

「何があった?!」

ヨラは無表情のまま、ユアンの枕元を見遣った。

そこには、ついさっきアーロに見せられたのと同じ、茶色い小瓶が転がっている。

「それを飲まれたようです。成分はオメガの抑制剤でしたが、おそらく、『ピトスの葉』と間違えて、『シュロの葉』が使われています」

「シュロの葉?　毒草か」

シュロの葉とピトスの葉は、素人では見分けがつかないほどよく似ているが、その成分は全く違う。ピトスの葉は鎮静効果を持つが、シュロの葉には強い毒性があり、口にする量が多ければ死に至る。

ユアンが抑制剤を自作しようとしたとき、ルキアスがそれを止めたのも、この二つの植物の取り違えによる事故がよく起きていたからだった。

「ユナ様には、シュロの葉に効果がある解毒剤をお飲みいただきました。原因がシュロの葉であれば、大事には至らないでしょう」

ヨラの説明に、ルキアスは頷いた。

「アーロ、急ぎ薬の成分を調べさせろ。それから、兵に指示してこれを売っていた者の身柄を拘束し、他に買った者がどのくらいいるのか確認を」

「はい」

少しだけ後ろ髪を引かれるような顔をしながらも、アーロは言われたことを遂行すべく、部屋を飛び出して行く。

ルキアスは一歩下がったヨラに代わり、ユアンの枕元に膝を突いた。

ユアンの顔色は紙のように白く、脂汗(あぶらあせ)が額にびっしりと浮いていた。

床に広げられた油紙や乾燥した木の根、それを挽(ひ)きつぶす薬研(やげん)や計量器などを見回した後、ルキアスはヨラに視線を向けた。

「……解毒剤はお前が？」

「はい。原料については許可をいただいております。違法に持ち込んだものではありませんので、ご安心を」

「製薬の技術など、どこで得た？」

「以前は王立の薬学研究所に勤めておりましたので」

「なるほど」

ルキアスは頷き、ヨラの能面を睨み付けた。

薬学研究所に勤め、製薬の技術を持った者が、なぜユアンの従者などしているのか。ユアンが抑制剤の調合をヨラに頼まず、逆に遠ざけたがっていたことを考えると、やはりこの男は信用できない。

シュロの薬の件が、ヨラの仕業ということも大いにあり得る。

ルキアスに疑われていることに気付いたのか、ヨラはうっすらと口元に冷笑を浮かべた。

「ご安心ください。ユナ様はダルレ王国の大切な切り札。私がユナ様を手にかけることはございません。お疑いでしたら、どうぞお調べください」

そう言って、ヨラはユアンに飲ませた薬湯が入っていた椀を差し出した。

「……後は私が看よう。お前は下がれ」

椀を受け取って命じると、ヨラは「御意に」と一礼し、部屋を出て行く。

その背中を睨み付けながら、ルキアスはヨラの言葉を心に刻んだ。

つまり、ユアンがダルレ王国の邪魔になるようならば、手にかけることもあるということか。

ヨラを追求したい気持ちをぐっと押しとどめる。

見れば、ユアンの荒い息は落ち着き、僅かではあるが頬に赤味が戻ってきている。

額の汗を拭ってやり、冷たい頬に手のひらをあてると、少しだけ眉間の皺をゆるめた。

上掛けを身体に掛けようとしたとき、ユアンの瞼が小さく震え、うっすらと開いた。

安堵がルキアスの全身を包み込む。知らぬ間に緊張していた身体から力が抜け、思わずほうっと息が漏れた。

「ユアン、大丈夫か？　俺が分かるか？」

逸(はや)る気持ちを抑えながら、できるだけ冷静に聞くと、ユアンは少しだけ間を置いて、こくりと頷いた。

「俺は……どうして」

状況がよく掴めていないのか、しばらくぼんやりと何かを考えている様子を見せた後、ユアンは突然はっとした顔になった。

目を大きく見開き、ルキアスをまじまじと見つめた後で、ほんの少しだけ視線を動かして、枕元の小瓶に目をやる。

「抑制剤に、シュロの葉が使われていたようだ。倒れたのはそのせいだ」

事の経緯を簡潔に伝えると、ユアンはきゅっと唇を引き結んだ。

ルキアスは懐に手を入れ、アーロが街で見付けたアクセサリーを寝台の上に置く。

もう全てバレていると悟ったのか、ユアンは何の反応もしなかった。

「王太子宮の女官がこれを売り、その後露店で抑制剤を買っているのをアーロが目撃した。許可なく王宮に薬剤を持ち込むことは重罪だ。女官はよくて国外追放、最悪死罪となるだろう。……お前が抑制剤を買ってくるよう、頼んだのか？」

聞くと、ユアンは気怠げに身体を起こした。

咄嗟に助けようとした手を振り払われて、ルキアスの手が宙に浮く。

「そうだよ。俺が頼んだ。俺も死罪になる？」

無邪気な子供のような聞き方に、ルキアスは奥歯を噛んだ。

ユアンは、女官も罪に問われると分かっていて行動できるような性格ではなかったはずだ。むしろ、軽い罪であっても、犯そうとする者がいたら全力で止めていた。

今ここにいるのは、清廉潔白で信頼に値する親友ではなく、死に取り憑かれた自分勝手な男だ。

オメガになってしまったことが、ここまで彼を変えてしまったのだろうか。

いや、そうではないだろう。

ここに来た時、ユアンはルキアスの知っているユアンだった。

彼を変えたのは――自分だ。彼をここまで追い詰めてしまったのは、自分なのだ。

「……死罪にはならない。罪は全て女官が背負うことになる。お前は、俺の『妾』だから」

ユアンの表情から、感情が抜け落ちる。

ここ最近よく見るようになった、人形のようなユアン。

「ユアン……、俺に触られるのが、そんなに嫌か？」

「嫌だよ」

思わず漏れた言葉を、ユアンは躊躇（ちゅうちょ）なく肯定した。

「男に組み伏せられて、足を開かされたことがあるか？　身体の中に無理矢理入り込まれて、他人の体液で汚されたことがあるか？　それがどんなに屈辱的なことか、分かるか？」

常にない饒舌（じょうぜつ）さで、畳みかけるように一気にそう言って、ユアンは肩で大きく息をした。

「心では嫌だと思っているのに、身体はそれを欲しがるんだ。そうなる度に、心が壊れそうになる……」

覚悟はしていても、その言葉を聞くのはつらかった。

目を瞑り、深呼吸して、心を落ち着かせる。

「……だが、俺は親友として、お前の助けに――」

「親友？」

ルキアスの言葉をユアンが遮る。

「あんなことをしておいて？　オメガになった途端、女扱いしておいて、親友だって？」

「女扱いをしたつもりはない」

「アクセサリーのプレゼントも、エスコートもセックスも、俺がオメガになったと知ってからの全てが女扱いだっただろう！」

「違う！　女扱いなんかしていない。お前だから、ユアンだったからしたことだ。何度も言っただろう？　お前を愛しているんだ」

　正面からそう言い切ると、ユアンはヒステリックに笑いながら寝台を降り、枕元の小箱から首飾りを取り出す。

　それはかつてルキアスがユアンに贈った、「親友の証」のお守りだった。

「『愛している、好きだ』……望まないセックスの度に、そう言われた俺の気持ちが、分かるか？　愛していれば、何をしてもいいのか？」

「ユアン……」

「大切な親友だと、思っていた。でも、もう無理だ。お前は、親友の振りをして、ずっと俺を欺いていた」

「……」

「信じてたのに」

悲しそうに呟くと、ユアンはありったけの力を込めて、首飾りを引きちぎった。

細い糸の切れ目から宝石がばらばらと落ち、跳ねて床を転がっていく。

手の中に残った宝石を、ユアンは外へ向かって投げ捨てた。ルキアスの瞳と同じ、鮮やかな碧の宝石が、きらりと光って庭の繁みに消える。

「俺たちは、もう、親友なんかじゃない。……ずっと、親友なんかじゃなかったんだ」

そう言って泣き崩れたユアンに、ルキアスはかける言葉を持たなかった。

親友なんかじゃないという言葉が、ルキアスの胸を深く抉る。

こんなことまでユアンに言わせてしまった自分が不甲斐（ふがい）なかった。傷つく資格など、自分にはない。

もうこれ以上の修復は不可能かも知れないと、転がる真珠を目で追いながら、ルキアスは思った。

今、自分がユアンにしてやれることは、彼の目の前から立ち去ることだけだ。

「……分かった。なるべく早く、ユアンの今の立場を変えられるように、努力しよう」

そう言って、ルキアスは立ちあがった。

ルキアスの言葉を理解してくれたのかどうか、ユアンは顔も上げずに泣き続けている。

部屋を出ると、扉の前にはアーロが待機していた。

「ルキアス様、ユアン様のお加減は？」

「ユアンを見ていてやってくれ。中毒症状は落ち着いたが、精神的に不安定になっている。……それから、」

ほんの少し躊躇して、ルキアスは言葉を継いだ。

「ユアンに抑制剤を渡す。口の固い薬師を、私の部屋へ」

「それはどういうことです？」

「そうしなければ、ユアンの心が保たない。……ユアンは、俺の側から離した方がいい。できるだけ早いうちに、アフタビアからも出す。それまでは、部屋も、貴賓宮に移すつもりだ。それ以上は……聞くな」

執務室に戻る気になれず、私室に入ると、ルキアスは力なくクッションに身体を沈めた。ログが、心配そうにルキアスの肩に止まり、慰めるかのように頭を押しつけてくる。それを指先で撫でてやりながら、ルキアスは雨の降り始めた暗い空を見上げた。

ユアンは自分にとって、何でも話せるかけがえのない存在だった。他の誰とも、家族といる時すら、ユアンに感じる心地よさを覚えたことはない。

ユアンの方も、同じような気持ちを自分に向けてくれていると感じていた。

それが恋愛感情ではないということは分かっていたが、政略結婚で、信頼し合う関係から愛を育んだルキアスの両親のような例もある。

身体を重ねていれば、自ずと情が湧き、特別な気持ちを持ってくれるようになるものだと思っていた。僅かな心の隙間もなく拒絶されているのだとは、思ってもみなかった。

自分のこの身勝手な思考が、ユアンを更に追い詰めてしまったのだろう。

寝酒用に置いてある酒の瓶に手を伸ばし、ルキアスはアルコール度数の高いそれを一気に呷った。

喉が焼ける感覚と共に、やるせない感情がこみ上げてくる。愛する人も、唯一無二の親友も、どちらも失ってしまった。

こんな風にユアンを失うくらいなら、死んでしまったと思っていた方が、まだ幸せだっただろうか。

そう思いかけて、ルキアスは首を振った。

いや、そうではない。

ユアンが生きていてくれてよかった。

たとえ憎まれたとしても、完膚なきまでに嫌われてしまったとしても、ユアンをここへ連れてきたことは間違いではなかった。さもなくば、娼館に売られ、ユアンを性の道具としてしか見ないような者たちの慰み者にされていたはずだ。そうなれば、今よりももっと酷い状況で、絶望しながら死んでいくしかなかっただろう。

だが……、ユアンにとっては、親友だった自分に抱かれるよりは、見も知らぬ男達の慰み者にされた方が、割り切れたのかもしれない。

自分はいったい、どうすればよかったのだろう。

王太子という立場を利用し、アフタビアの法を曲げてでも、ユアンに抑制剤を渡せばよかったのだろうか。それとも、命の危険を知りながら、ユアンの生存を両親に伝え、助けを請うべきだったのか。

いや、自分が守るのではなく、ユアンが一人で生きていけるような手助けをすべきだったのかもしれない。

どうすればユアンを傷つけずにすんだのか。

どうすれば、ユアンを失わずにすんだのか。

どうすれば、これから先の、ユアンの人生を元に戻してあげられるのか。

堂々巡りの思考は、やがてアルコールに呑まれ、霧散していった。

「ここは俺の客が滞在する貴賓宮で、『深緑(ヤンダ)の間』と呼ばれている」

突然ルキアスに連れて来られた部屋はシンプルで、王太子宮の「春の間」よりは狭いが、雰囲気はずっと明るく、開けているように感じられた。

シュロの葉の毒がようやく抜けたのは昨日のこと。

何故、突然ここに部屋を移せと言われたのか分からないが、どうせ、発情期にはルキアスが来て自分を好きにするのだから、どこだって変わらない。

「王太子宮とは庭園の通路を通じて行き来できるようになっているが、その通路は扉の鍵がなければ通れない。鍵は、お前に渡しておく」

ルキアスから差し出された鍵を、ユアンは黙って受け取った。

自分からルキアスの宮に行くことはないだろうし、鍵などいらないと思ったが、押し問答する気力は湧いてこなかった。

「王太子宮同様、使用人には十時から十二時の二時間だけ清掃に入り、その他の時間はここへ近づかないように言ってある」

ルキアスの説明をぼんやりと聞き流しながら、ユアンはソファに腰を下ろした。

足腰の筋力が落ちたせいか、長い時間立っていると疲れてしまう。座り込んだユアンに気付くと、ルキアスは自分も向かいのソファに座った。

すかさずアーロが冷たい果実水を出してくれる。

「ユアン……この先、お前はどうしたい？　アフタビアに残りたければ、それでも構わない。もしアルワド共和国や他の国へ渡りたいのなら、住居と通行手形を用意させる。お前が、好きに決めていい」

言われて、ユアンはルキアスを見た。彼が何を言っているのかよく分からなかった。

この国から自分を出す？

一億も払って、自分を買ったのに？

そうだ、ルキアスは金を払って自分を買ったのだ。国を出たところで庇護下に押し込められるのは間違いない。

話に興味を失って、ユアンは俯いた。

果実水なのに果実の味が全くしないグラスを覗き込み、氷を揺らして音を立てる。

綺麗な音だ、とぼんやり思っていると、ルキアスの手が伸びてきて、グラスを取り上げられた。

「ユアン。真面目に話がしたいんだ」

怒ったような、困ったような顔をするルキアスを見て、不安定な心にさざ波が立つ。

「どうでもいい。俺はルキアスのものなんだから、ルキアスが決めればいいだろ……」

投げやりに言うと、ルキアスは小さくため息をついた。

「ユアン……。何度も言うが、お前を女だと思ったことも、自分のものだと思ったこともない。大切なことだから、これを読んで、よく考えてくれ」

机に書き付けの束を置き、ルキアスは立ちあがった。

「仕事に戻る。ああ、それと、ヨラはしばらくアーロの下で俺の仕事を手伝ってもらうことになった」

「すみません、ユアン様。ヨラをお借りします」

全然済まなそうな顔をしていないアーロに、ユアンは頷いた。

どういうつもりなのか知らないが、ヨラなど、むしろいない方が気が休まっていい。

「代わりにログをお前につけるから、何かあったらログの足に手紙を付けて寄越してくれ」

ヨラの代わりが人ではなくて鷹だと聞かされて、ユアンは虚を衝かれた。

緊急の時はログを飛ばせばいいかもしれないが、そうでないときは誰を頼ればいいのだろう。全て自分でやれということなのか？

ユアンの代わりに、ログが翼を広げ、「ギュイ！」と鳴く。

「夕食は、共にしよう」

ぎこちなくそれだけ言い、ルキアスは行ってしまった。

ぱたりと扉が閉じた後、一人取り残されたユアンは部屋を見回し落ち着かない気持ちになった。

部屋にはすでにユアンの荷物が収められていて、すぐに使えるようにされていた。

以前の部屋になかったものは、ログ用の止まり木くらいだろうか。

ユアンの従者を任されたログは、早速その止まり木に陣取って、羽繕いしている。

慣れない部屋では寛ぐ気にもなれず、ユアンは身体を縮こまらせたまま、机に置かれた書き付けに手を伸ばした。

何の気なしに見てみた書き付けには、各国のオメガを巡る状況と、その生活に関することがぎっしりと書き込まれていた。

取りわけアルワド共和国を含む三ヶ国については、「オメガが生活しやすい国」として、入念に調べられていて、オメガがその国でどのような扱いを受け、どのように生活しているのかが分かりやすくまとめられている。

ルキアスが、調べてくれたのだろうか。

だとしたら、自分をこの国から出すという話は、本気なのだろうか。

しかし、すぐにその考えは霧散する。

ルキアスが自分を買うと言ったときも、ユアンが嫌がるなら何もしないと言ったときも、ユアンは少し、期待を持っていた。ルキアスなら、信じても大丈夫だという期待を。

だが、結果はどうだ？

抑制剤のもらえない妾として王宮に押し込められ、発情期にはルキアスに縋るしかない日々を送っている。

この部屋だって、この書き付けだって、きっとユアンを懐柔（かいじゅう）するための方策の一つにちがいない。ユアンの心を緩ませておいてから、きっと全てを取り上げるのだ。

ユアンは書き付けを床に投げ捨てると、ソファに身を横たえた。

アフタビアは雨期に入り、今日も朝から糸のような雨が降り続いている。それを見るともなく眺めながら、ユアンはうとうとと眠りに落ちた。

夢の中で、ルキアスが自分の名前を呼んでいる。

髪はすっきりと短く、アルワド共和国の学園の制服を身に纏っている。

今より少しだけ幼い、十六歳のルキアスは、笑いながら近付いてきてユアンの肩に手を回した。ぐっと自分の方へ引き寄せて、ユアンの顔を覗き込んでくる。

唇が触れそうなほど近くで何か囁いた後、ルキアスは破顔した。その輝く笑顔に、ユアンも釣られて笑顔になる。

あの頃、自分たちの距離は、抱き合うようになった今よりも近かった。目を見合わせるだけでお互いの考えていることも、望んでいることも分かった。

ルキアスにはユアンにない点が、ユアンにはルキアスにない点があって、足りないパズルのピースが嵌まるように、いつでもお互いの欠点を補完し合えた。

アルワド共和国での自分たちは、確かに、魂の番のような存在だった。

夢の中で会うルキアスは、懐かしく、温かく、優しい匂いがして、ユアンは悲しくなった。

もう、夢の中でしか、あのルキアスには会えないのだろうか。

ユアンの好物ばかりが並べられたテーブルを、眉間に皺を寄せて見つめる。

向かいで、ルキアスは旺盛(おうせい)な食欲を見せている。会話は続かず、食器を使う音だけが小さく響いているという何とも気詰まりな夕食は、今日で三日目を迎えていた。

「……明日からは一人で食べたい」

スープを二口飲んだだけで後は食べる気が起きず、ユアンはスプーンを置いた。

「分かった。ただし、出されたものを全て食べることが条件だ。夕食にはアーロを立ち会わせる」

とんでもない条件を出してきたルキアスに、ユアンは眉を寄せた。

「こんな量を全てなんて……無理に決まってる」

「俺の願いが聞けないなら、お前の願いも聞かない」

ムッとして、ユアンはルキアスを睨み付けた。

「初めから聞く気なんかなかったくせに」

「どうとでも思えばいい。言っておくが、そんなガリガリの身体では、ここを出て行けないぞ。一人になったら、頼れるのは自分だけだ。暴漢から身を守ることも、働いて収入を得ることも、一人でしなければならなくなるんだからな」

ルキアスは、比較的食べやすそうな、肉と野菜の煮込み料理が入った器を取り上げ、ユアンの目の前に置いた。

「まずは食べて力を付けろ。『国民の税金で作られた食事』だ。無駄にするな」

かつて自分がルキアスに言った言葉を真似られて、ユアンは言い返せなくなる。

「……全部は無理だ」

「いきなり全部食べろとは言っていない。毎日少しずつ食べる量を増やせばいい」

「……」

仕方なくフォークを手に取り、機械的に料理を口に運ぶ。しかし、何を食べても、果実水と同じく、味がしない。

「……もういい」

やはり二口ほどでフォークを置くと、ルキアスの目つきが鋭くなった。

「食べないと、俺は同席し続けるぞ」

「いいよ。……どうでもいい」

投げやりに言って、ユアンはぼんやりと料理を見つめた。もったいないとは思うが、どうしても、味のしない料理を胃が受け付けてくれない。

ルキアスは怒ったような顔をして、無言で料理を食べ、杯を重ね続けている。

「アーロ」

心配そうに主人を見守っている従者に声をかけると、アーロはハッとした顔で姿勢を正した。

「明日から、私の分はスープとサラダだけでいい」

「ユアン様……しかし」

「食べられないんだ。味が全然分からない。何を食べても砂を食べているような気がして、吐きそうになる」

それだけ言って、ユアンは席を立った。

同席している相手がまだ食事をしているのに席を立つのはマナー違反だと分かっている。けれど、どうしてもこの場にいたくなくて、ユアンは寝室に逃げ込んだ。

心配してくれているのか、ログが追いかけてきてユアンの肩に止まる。

「……ありがとう。でも、大丈夫だから」

ログの頭を指先で撫でると、ユアンは暗闇で膝を抱えた。

席を離れるときに見た、ルキアスの傷ついたような顔が頭から離れない。自分が我が儘な子供のように思えて、情けなくなった。

悔しいが、ルキアスの言う通りだ。骨と皮ばかりになってしまった今の自分は、少し動いただけで疲れてしまい、日中も寝てばかりいる。こんな状態でここを出て行くことなど、不可能だった。

もし、健康を取り戻したら、ルキアスは本当に自分を解放してくれるのだろうか。

枕元に置きっ放しになっている書き付けに目が行く。びっしりと書き込まれたオメガに関する情報に、ユアンの心は揺れていた。

本気でもないのに、ルキアスはこんなふうに情報を集めたりするだろうか。

自分なら、無駄だと思うことはしない。ルキアスはどうだったか——。

揺れる蝋燭の中、勉強の遅れを取り戻そうとして、ルキアスが毎晩遅くまで机に向かっていた姿を思い出す。真っ黒になるほど書き込みがされた教科書は、遊び人だと思っていた彼を見直すきっかけにもなった。

努力の跡を人には見せない、それが、ルキアスだった。

この書き付けをユアンに押しつけるだけ押しつけて、ルキアスはあれから何も言ってこない。自分が調べたとも、何とも口にしない。ただ黙ってユアンの決定を待っているように思える。

もう一度信じてみるべきなのか。

何度も裏切られたのに、また同じ過ち（あやま）を繰り返すつもりなのか？

頭の中で、同じ問いを何度も何度も繰り返しているうちに、いつの間にかルキアスは食事を終えたらしい。

「ユアン」

声をかけられて、ユアンは肩をビクリと揺らした。

寝室の入り口に、ルキアスが立っている。そこから入ってこようとしないことに焦れ、ログが鳴き声を上げてルキアスの肩へと移動していった。

「……入ってもいいか」

返事をせずに黙っていると、ルキアスは諦めたように、チェストの上に小箱を載せた。

「渡したいものがあったのを忘れていた。ここに置いておくから」

「……何？」

「そろそろ発情期だろう？」

ログを軽く撫でて、ルキアスは部屋を出ていく。

お目付役のログは撫でられ足りないのか不満げだったが、すぐに気を取り直して戻って来た。

物音も気配もなくなるのを待って、小箱を手に取る。開けてみると、茶色の小瓶が七本、収められていた。

——オメガ用発情抑制剤。一日一本服用のこと。

震える手で注意書きを手に取り、ユアンは「どうして」と呟いた。

あれほど頑なに法は曲げられないと言い張っていたのに、ルキアスは何と言って、薬を調合させたのだろう。

王太子自ら法を犯すことは、ルキアスの名声に影を落とすことにはならないだろうか。

そう心配しかけて、ユアンは首を振った。今更自分が善人ぶっても、ルキアスや女官に罪を犯させた事実は消えない。

これさえあれば、発情期の熱は抑えられる。ルキアスに抱かれなくても、一人で耐えられるようになる。

嬉しいはずなのに、気持ちは深い闇に沈んでいくような気がした。

人に罪を犯させて得る安寧は、本当の安寧と呼べるのだろうか。

「ねえ、聞いた？　王太子殿下のお妾さんの話」

ふいにそんな話し声が耳を掠め、ルキアスは思わず足を止めた。

見ると、洗濯籠を抱えた侍女が三人、おしゃべりに花を咲かせている。

ため息をつき、諌めようと一歩踏み出したアーロを、ルキアスは手で制した。

「『春の間』を出られたんでしょ？　ついに厄介払いかしら」

「ええ？　貴賓宮に移られたって聞いたけど」

「それが、どういうわけか、貴賓宮にいらっしゃる方は男性らしいのよ」

「どういうこと？」

侍女達はぐっと頭を寄せ合う。

「庭師が見ちゃったんですって、お妾さんの部屋に、物憂げな男性がいるのを」

「あの素敵な従者の方じゃないの？」

「ううん、綺麗な人だったみたいだけど、顔立ちが全然違うって」

「え？　じゃあ、お妾さんはどこに行っちゃったの？」

「実はお妾さんは男性だったんじゃないかしら」

「……言われてみれば、誰もお顔を見たことがないのよね。背も女性にしては高かったし」

「お妾さんの従者が男の方だっていうのも、考えてみれば変よね」

「でね、その男性が、ダルレ王国の第二王子、ユアン殿下に似ていたらしいの！　もしかして、本人だったりしてね」

隣でアーロの顔が険しくなったのが分かった。

いつまでも隠し通せるものではないと分かってはいたが、貴賓宮の規律の緩さを思い知らされる。守秘義務も含め、もう一度貴賓宮勤めの者たちの教育を徹底させる必要がありそうだ。

「まさか。王太子殿下がわざわざ葬儀に参列されたんでしょう?」

「それに、お妾さんはオメガよ。王族がオメガだなんてこと、ある?」

「それもそうね、いくらなんでも……」

妄想力逞しく、正解に辿り着いた侍女達に、ルキアスは半ば感心した。

これでは、ユナの正体がばれるのも時間の問題だろう。

「お前達、仕事もせず、何の話をしているんだ」

ぴりぴりした様子でアーロが咎めるのを、今度はルキアスも止めなかった。

アーロの声に驚いて振り向き、隣にルキアスがいるのを見て、彼女たちは洗濯籠を取り落とした。慌ててルキアスに礼を取る。

「王太子殿下や殿下の妾について、憶測や噂を広めるのは不敬にあたる。罰を受けたくなければ慎みなさい」

三人は震えながら頭を下げた。

大事にするなというルキアスの意向を汲み、持ち場に戻るようにアーロが促すと、逃げるように去って行く。

「もっと厳しく対処した方がよろしいのでは?」

再び歩き出したルキアスの後に続きながら、アーロがため息をついた。

「厳しくしたところで、噂話は収まらない。むしろ、厳しくすればするほど不満がたまり、今以上に噂は広まるだろう」

「それはそうですが……万が一、あの方のお耳に入ったら……」

それはルキアスも恐れていることではあった。

人の出入りを厳しく制限できた王太子宮とは違い、貴賓宮ではいつ何時ユアンの耳に噂が届くか分からない。抑制剤を処方し、環境を変えてようやく安定の兆しが見え始めているのに、悪意のこもった噂を聞かせたくはない。

「……分かっている。目に余る者は少しずつ入れ替え、残った者には教育を徹底させる」

私室に戻り、窮屈な上着を脱ぎ捨てて、ソファに腰を下ろす。いつもならすかさず飛んでくる鷹のログは、今はユアンの側にいて不在だ。

空の止まり木に何となく寂しさを感じながら、ルキアスはアーロが持ってきたハーブ入りの水を一息で飲み干した。

すっと鼻に抜けるハーブの香りが、凝った頭を軽くしてくれるような気がして、知らずほっと息をつく。

「国王陛下のお話は、いいものではありませんでしたか」

ルキアスのグラスに水をつぎ足しながら、アーロは含みを持った聞き方をした。

つい先程まで、ルキアスは父に呼ばれていた。彼は別の用事で外していたため、話の内容が気になっているのだ。

「いいわけがあるか」

「では、やはりユアン様の？」

「ああ。あれだけ口止めしたのに、あの薬師、ユアンに抑制剤を渡していることを告げ口したらしい」

「何とご説明したのです」

「体調が悪く、抑制剤無しには発情期に耐えられないと言っておいた」

「やはり、問題になりますか」

「どうかな。妾への抑制剤の処方は禁じられていると説教が始まったから、『ユナを妾として認めないのではありませんでしたか』と言い返してやった」

　ルキアスからそう言われた瞬間、真っ赤になって怒り出した父の顔を思い出し、ルキアスはげんなりする。我が父ながら整合性がない。

「尚更お怒りになったのでは……」

「それはもう、烈火のごとくな。薬に頼らなければならないほど体調が悪いのなら、ダルレに帰すか、王宮から出すように言われたよ」

「取りようによっては、渡りに船かもしれませんね」

「……そうだな。ユアンが王宮を出ることになっても、理由の説明は必要なくなった」

「本当に、ユアン様をここから出すおつもりですか？」

「ユアンは、俺の側を離れることを望んでいる」

「ダルレの刺客に襲われたり、連れ戻されたりしたらどうするんです？」

「……対策を考えてはいる」

こちらの仕事を手伝ってもらう名目でユアンから引き離したが、王宮を出るとなればヨラに知られずに事を運ぶことは難しい。

おそらく、ヨラは暗殺者としての役目も担っている。

そうルキアスに思わせるほど、あの従者の感情のない目は不気味だった。

眉間に皺を寄せたまま深く考え込んでいると、アーロが「ご報告が」と話題を切り替えた。

「件（くだん）の抑制剤ですが、やはりシュロの葉が使われていたようです。ヨラの作った解毒剤も、精度の高いものでした。抑制剤に関しては、製造者と販売者を捕縛し、現在取り調べ中です」

アーロが差し出した報告書を受け取り、ざっと目を通す。

そこには、違法の抑制剤によるとみられるオメガの死者数も併記されていた。

それは、決して小さな数字ではなかった。亡くなっているのは皆、貧しくて正規の抑制剤を買えなかったオメガだ。

ルキアスはアフタビア王国がオメガにとって住みやすい国ではないことを痛感した。

アルワド共和国ほどではないにしても、オメガたちが自由に暮らせている国は、他にもある。

大国であるアフタビアが、他国に二歩も三歩も遅れている状況を、看過することはとてもできない。

「引き続き、国内のオメガの生活状況を調べさせろ。それから、国内の抑制剤の値段を下げ、供給を増やせるか、早急に考える必要がある。専門家を呼んでくれ」

「承知いたしました。それと……こちらは、捕らえた女官の供述書です」

アーロはもう一枚の書類をルキアスに渡す。

「ヨラはどうしている？」

「違法薬物販売者から押収した薬の成分を分析させています。しばらくはそちらにかかり切りかと」

ユアンに関わる話を、ヨラがいる場所ではできない。

よくできた従者に頷いて、ルキアスは書類に目を落とした。

「女官は、『春の間』の清掃を担当していました。紹介状もあり、身元はしっかりしています。夫の借金がかさみ、ユアン様の衣装部屋にあったアクセサリーに目がくらんだようです」

しかし、盗もうとしているところをたまたまユアンに見つかってしまった。

許しを請う女に、それを売った金で抑制剤を買ってきてくれれば、アクセサリーを盗もうとしたことは不問にするとユアンは言ったらしい。

「残金は好きにしていいと言われ、女は犯罪だと知りながら、抑制剤を王宮に持ち込んだとのことです。抑制剤を露天商から買ったのは、その方が安く買えるからだったと」

ルキアスはため息をついた。

王族の持ち物を盗み、売りさばくのは、時に死刑となるほどの犯罪だ。

「自ら掘った墓穴だった、ということか」

「そうですね。盗みを見られたのなら、断るという選択肢はなかったでしょう」

「……宝石の売却と薬の持ち込みに関しては、ユアンが頼んだことでもある。情状酌量して減刑するよう、伝えてくれ。それと、今後、この女官を紹介した人物からの斡旋は全て断るように」

書類にその旨を書き記し、ルキアスはそれをアーロに渡すと立ちあがった。

私室の窓からは、活気に満ちた首都の街並みが一望できる。

「ユアンの様子はどうだ？」

「抑制剤が身体に合っているようで、落ち着いていらっしゃいます」

「食事は？」

「相変わらず味覚が戻らないのか、あまり進みませんね。栄養価の高いクルの実を召し上がっていただいてはいますが……」

「そうか」

アーロの報告に、ルキアスは頷いた。

ユアンが発情期に入ってから、ルキアスは彼の部屋を訪れていなかった。抑制剤を服用していても、強いアルファのフェロモンに引きずられて、発情してしまうことは間々あるからだ。

「このまま食事の量が増えなければ、お身体に障ります」

「分かっている。発情期が終わったら、ユアンを連れて一度街に出ようと思っている」

ずっと考えていたことを口にすると、アーロは首を傾げた。

「街に、ですか」

「ああ。珍しい物を見れば、少しは気分も変わるだろう。王宮を出るのなら、街の暮らしも知っておかなくてはならないしな」

「でも、お出かけになるでしょうか……」

「嫌がっても連れて行くさ。学生の頃は、本にかじりついてばかりいるあいつを、よく外に連れ出した」

「……そう、でしたね」

懐かしそうに目を細めて、アーロは頷いた。

ユアンを街に連れて行くのは、少し前から考えていたことだった。

学生時代、ルキアスはユアンによくアフタビアのことを話していた。ダルレとは全く違う街の様子にユアンは興味を持って、いつかアフタビアに行きたいと言っていたのだ。

妾として連れてきてしまった為に、ユアンは王宮の中しか、アフタビアのことを知らない。国を出る前に一度だけでも、アフタビアという国をユアンに見てもらいたかった。

それで、少しでも、以前のような感情を取り戻してくれたら嬉しい。

自分が消してしまったユアンの全てを取り戻し、その上で送り出す。そうすることが、ルキアスにできる唯一の償いになるような気がしていた。

馬宿で馬から下りようとして、ユアンはよろめき、無様に膝を突いた。
身体中の筋力が落ちていて、以前のような身軽な動きは全くできなくなっている。
「大丈夫か」
躊躇いがちに目の前に差し出された手を、ユアンは睨み付けた。

女扱いするなと言っているのに、この男は懲りもせず、こうして事あるごとにユアンに手を貸そうとしてくる。無造作にその手を払い、ユアンは自力で立ちあがった。

着慣れないアフタビア王国の貴族服についた埃を払い顔を上げると、ルキアスは少しだけ寂しそうな顔をしていた。

「行こう」

身分を隠すために、ユアンと同じような衣服を身につけたルキアスが、そう言って踵を返す。

ルキアスに続いて小道を歩き、大通りに出て――ユアンは息を呑んだ。

「ここがアフタビア王国の首都、ハサルガートだ」

ルキアスが指さした先には、ユアンの想像を遥かに超える情景が広がっていた。

石畳の道を大きな荷馬車が次々と走り抜けていく。

半屋外の開放的な造りの店はどこも活気に溢れ、客引きが道行く人々の気を引こうと声を張り上げている。

時にはすれ違うのが難しいほど多くの人で賑わう通りは忙しなく、ぼんやりしているとあっという間にはぐれてしまいそうだ。昼間でもあまり人のいない、ダルレ王国の首都ドゥルカとは大違いだ。

「すごいな……」

　思わず呟くと、ルキアスが得意げに「そうだろう」と答える。

「ハサルガートは全ての隊商の出発点であり、終着点でもある。ここで手に入らない物は何もない」

　ユアンは黙って頷いた。誇大ではなく、実際にそうなのだろう。

　街中には商人と思しき外国人の姿も多く、広場に出るとそこには外国隊商の市が広がっている。

　アルワド共和国にいたとき、一年に一度、世界各国の隊商が露店を広げる「収穫祭」があったのだが、ここハサルガートはその収穫祭を思い起こさせた。

「一度、お前にこの街を見せておきたかった」

　街へ行こうと誘われたのには戸惑ったが、ルキアスなりに市井のことを教えようとしてのことなのかもしれない。だとすると、ユアンを解放するというあれは、やはり本気なのか。

　黙り込んでいると、不意に頭をぐしゃぐしゃと撫でられる。

「何するんだ」

「今日は一日、楽しいことだけ考えろ。難しいことは後だ」

　ユアンはどうしたらいいか分からずに、眉間に皺を寄せる。

　その眉間の皺を指で弾き、ルキアスはふっと笑った。

「変わってないな。その、何でも難しく考えようとするところ」

からかわれて、ユアンはムッとした。

言い返そうと口を開いたとき、大きな荷物を担いだ男にぶつかられて、ユアンはよろめいた。咄嗟にユアンを支えたルキアスが、他意はないと言いたげにそっと離れる。

「行こう。ここは人が多くて危ない」

ユアンは言い返すタイミングを失って、仏頂面のままルキアスの後ろを歩いた。

「よう、リュカ！　寄ってけよ！」

酒場の軒先（のきさき）で、店主らしき男が身を乗り出してルキアスに声をかける。

「悪い、今日は用があるんだ。またな」

砕けた口調でルキアスはひらりと手を振った。

「リュカというのは、ルキアス様の偽名（ぎめい）です。私がお止めするのも聞かず、身分を隠して街を歩くのがお好きでして……」

含みのある言い方で教えてくれたアーロに、ユアンは頷いた。

アルワド共和国にいたときも、身分が割れている学校で過ごすより、街にいる方を好んでいた男だ。驚きはない。しかし、寺院や病院、学校に市場と見て回るうち、ユアンはルキアスの知り合いの多さに驚かされる羽目になった。

ルキアスが道を歩くだけで、店や道行く人々から次々に声がかかるのだ。その度、ルキアスは気さくに対応していた。

軽く挨拶を交わすだけでなく、街の様子や犯罪、果ては家庭の悩みなどを僅かな時間で聞き出していることもある。

ああして、街の人々から情報を集めているのだろうか。

そういえば、学生時代も、ルキアスの回りにはよく人が集まっていた。

彼の王太子という身分に群がる者も確かにいたが、多くは、ルキアスの人柄に惹かれていた。

自分も、同じだった。ただの遊び人だと思っていたのに、いつの間にか懐に入り込まれ、気を許すようになっていた。

ルキアスにはそういう、するりと人の心に入り込む、不思議な魅力がある。

「リュカぁ～！」

しかし、ほんの少しルキアスを見直しかけていたユアンの思考は、ハートマークが飛び交う甘え声にかき消された。

見ると、お揃いの赤い腕輪をした、やけに露出度の高い服を着ている女性達が数人、ルキアスを取り囲んでいる。

「久しぶりじゃない、半年以上もどうしてたのお～？」

「ねぇ、今日は紅花亭(べにばなてい)に寄って行ってくれるんでしょ？」

口々にそう言いながら、女達は撓(たわ)わな胸をルキアスの腕に押しつけた。

甘ったるい香水の匂い。ちゃらちゃら鳴るアクセサリーの音。

ルキアスは心なしか頬を引きつらせ、ちらりとユアンを見てくる。

「ルキアス様が身分を隠して通われていた娼館の娼婦達です」

唖然(あぜん)としていると、アーロが背後から耳打ちしてくれた。

自然と目に蔑みの色が籠もってしまったらしい。ユアンと目が合うと、ルキアスは慌てて、女達を自分の腕から引き剥がした。

「言ってなかったが、実は結婚したんだ。だから、紅花亭には行けないよ。またいつか、酒でも飲みに寄るから」

ルキアスが言うと、女達は悲鳴を上げた。どうしてと詰め寄られるルキアスを尻目に、ユアンは歩き出す。

しばらくして、どうやって女達を宥めたのか、ルキアスが慌てた様子で追いかけてきた。横に並んだルキアスを、あからさまに軽蔑した目つきで見遣る。

「変わってないな。お前の放蕩ぶり」

さっきの意趣返し(いしゅがえし)に刺々(とげとげ)しい口調でそう言ってやると、ルキアスは大きく首を振った。

「遊んでいない！　すっ、少なくとも、お前が来てからは遊んでいない……」

「遊んでいようがいまいが、俺には関係ないし、どうでもいい」

ばっさり切り捨てると、ルキアスは少しだけ眉を下げた。

「じゃあ、どうして怒っている？」

「怒っていない。昔からお前は来る者拒まずの遊び人だったのを思い出して、変わっていないと思っただけだ」

ルキアスは反論せずに黙った。自分の手の早さには自覚があるのだろう。

自分が来てから娼館通いをしていないというのは、きっと本当だ。

何せ、ルキアスは自分で思うさま欲望を発散させていたのだ。娼館に通う必要などどなかったに違いない。

嫌なことを思い出して、ユアンはきゅっと唇を引き結んだ。

苛立ちが収まらず、大股で闇雲に足を運ぶ。

「わっ！」

路地から飛び出してきた男とぶつかりそうになり、ユアンは驚いて足を止めた。

軽い身のこなしでユアンを避けた若い男は、ユアンを見るなり愛想笑いを浮かべた。

「お兄さん、いい服を着ているのにアクセサリーの一つもつけないなんて、田舎者だと思われるよ」

馴れ馴れしく話しかけてきて、手に持っていたトランクを開いてみせる。中には色とりどりのアクセサリーがぎっしりと詰まっていた。

「どれかひとつ、どう？」

「いや、俺は……」

「これとか、今の服に似合うと思うけど。貴族なら、せめて首飾りくらいしないと」

「悪いが、彼は貴金属を身に着けると、肌が荒れてしまう体質なんだ」

強引にユアンの首に首飾りをかけようとした男をルキアスがやんわり遮ってくれる。ルキアスと目が合うなり、男は何故かびくっと肩を揺らした。

「そ、そうなんだ。可哀想に。じゃ、仕方ないね！」

驚くほどあっさりとそう言って、そそくさと去って行く。

不思議に思って首を傾げていると、ルキアスが自分の右手首を指さした。

「あの赤い腕輪。あれは、オメガの証だ」

驚いて、ユアンは去って行く男をまじまじと見つめた。その手首には、確かに赤い腕輪が嵌まっている。

ということは、今さっき、男がルキアスを見るなりびくついたのは、ルキアスがアルファだったからなのだろうか。

「アフタビアでは、オメガへの差別はあまり酷くはないし、ああして働いて生計をたてることもできる。だが、結局は娼館で働く者も多く、単純労働以外の職に就くのは難しい」

それを聞いて、ユアンはついさっき出会った紅花亭の女性たちを思い出した。

「どうして赤い腕輪をつけさせられてるんだ？」

「……かなり昔からそうと決められている。発情期による不幸な事故を無くすためだとのことだが、あの腕輪をつけていることで、悪い輩に目をつけられてしまうことも多いと聞く」

支配階級にとって、自衛のためにオメガを識別することは必要なのだろうが、それによってオメガがどうなろうと構わないのだろう。

「俺にもそのうち、赤い腕輪をつけるのか？」

嫌み混じりに聞くと、ルキアスは「いや」と首を振った。

「後宮のオメガに、腕輪は必要ない。が、市井に下るなら、つけることになるだろうな」

その発言に、ユアンはカッとなる。まるで、自分のものでいれば腕輪はつけなくていいと言われたように感じたのだ。

一言文句を言わなければ気が済まないと口を開きかけたユアンだったが、結局ルキアスを詰ることはできなかった。

ルキアスの目は何かを思い悩むように、行商人の男を見つめていた。

男はユアンにしたのと同じように道行く人に声をかけ、断られても明るく次の人に声をかけている。赤い腕輪はしていても、悲愴感はなかった。

やがて気を取り直したルキアスが、「行こう」とユアンを促す。

次に連れて行かれたのはアクセサリーの店がひしめき合う路地だった。

その店の一つで、姉妹たちへの土産選びを手伝わされ、ユアンはげんなりした。

何せ、ルキアスの姉妹は九人もいるのだ。一人一人の趣味に合わせて選ぶのは、ユアンの想像を超える大変さだった。

「土産にアクセサリーを贈るのは普通のことなのか？」

疲れてしまったユアンは、真剣に選んでいるルキアスから離れて、出された果実水を飲みながら、アーロに尋ねた。

「そうですね、珍しいことではありません。アフタビアでは、男も女もアクセサリーを着けるのが当たり前で、恋人はもちろん、家族や友人同士でも、頻繁にアクセサリーを贈り合うんですよ」

言われて、改めて街中を見回してみると、確かに老若男女（ろうにゃくなんにょ）問わず、みな何かしらのアクセサリーを身につけている。

全身をアクセサリーで飾っている人もいれば、シンプルに一つか二つだけの人もいたが、アクセサリーを身につけていない人は見付けられなかった。

「アクセサリーを贈ったからと言って、殿下がユアン様を女性扱いしたわけじゃないんです」

ユアンはハッとした。

抑制剤を飲んで倒れた後、ユアンは「アクセサリーを贈られ、女扱いだと感じて嫌だった」とルキアスに言った。

ダルレでは男同士でアクセサリーを贈り合う習慣などなく、アクセサリーは女性に贈るものだと思い込んでいた。

ユアンは自分が恥ずかしくなった。アフタビアの文化を少しも学ぶことなく、ただ自分の感覚だけで判断を下してルキアスを責めたのは間違っていた。

文化の違いをすぐに受け入れられるのかと言えばそれは難しいし、ルキアスによる女扱いは、アクセサリーに限ったことではないのだが、あの言葉はやはり、ルキアスを傷つけてしまっただろう。

謝るべきか悩んでいると、ようやく土産を選び終えたルキアスが近付いてきた。

「待たせたな。そろそろ腹が減ったろう？　あっちに旨い串焼き屋があるんだ。行こう」

「……味は分からない」

「匂いだけでも満足できるぞ」

肩を押されて、ユアンは渋々歩き出す。

結局、食欲が旺盛なルキアスに付き合わされ、ユアンは行く先々で「少しだけ」と無理矢理食べさせられる羽目になった。

相変わらず味は分からなかったが、ルキアスの言う通り、立ち上る炎や、大道芸のように豪快なパフォーマンスと共に提供される料理の数々は、見ているだけでも興味をそそられ、気付けばいつもの倍以上の量を食べていたのだった。


ハサルガートは、南側を海に、北側を緩やかな山々に囲まれている。

昼過ぎまで街中を散策した後、ルキアスは泉へ水浴びに行こうと言いだした。

街中から山へは、そう遠い距離ではない。城門を出ると、街中の喧噪は一気に遠のき、のどかな道が続いた。

爽やかな風が髪を揺らし、新緑の香りが胸一杯に広がる。街中も面白かったが、豊かな自然の中で育ったユアンにとっては、こちらの方が心落ち着いた。

馬で行けるのかと心配になるほどの細い道を進むと、ほどなくして泉が姿を現した。

泉は少しの濁りもなく、底の砂まで見通せた。

「手を貸すか？」

馬を下りるのに少し手間取っていると、ルキアスは迷った様子でそう聞いてきた。

先程手酷く拒絶したのが尾を引いているのだろう。

「いい」

そう答えたのに、ユアンはまたも着地に失敗した。朝よりも疲れているせいか、今度は膝で身体を支えることもできず、地面に倒れ込む。

「ユアン！」

岩に頭をぶつけそうになったのを、ルキアスは咄嗟に抱き留めてくれ、ほっと安堵の吐息を漏らしている。

力強い腕の中に閉じ込められ、厚い胸板に頭を預けているうち、何故か鼓動がうるさくなった。不思議と、数日前まで感じていたような、嫌な気持ちにはならない。

気持ちの変化に内心戸惑っていると、ルキアスは慌ててユアンから離れた。

触られたところが熱く、ユアンは無言でそこを擦る。

「……すまなかった。気をつける」

違うと言いかけて、ユアンは口をつぐんだ。

ルキアスが嫌だったわけではない。そうではないのだけれど……。

ではどんな気持ちになったのかと問われても、うまく説明はできない気がした。

ユアンが考えている間に、ルキアスはアーロに馬を預け、履き物を脱ぎ捨てて、服のまま泉に入っていってしまう。と、次の瞬間頭から水に飛び込んだ。

「服のままで入るなんて、風邪を引くぞ」

思わず注意すると、ルキアスは笑顔を見せた。

「こんなにいい天気なんだから、すぐに乾くさ」

そう言って、また水の中に潜ってしまう。

服を脱がずに泉に入ったのは、自分への配慮なのだろうか。そんなことに思い至って、ユアンは複雑な気持ちになった。

座りやすい岩場を選んで腰を下ろし、自分も靴を脱いで足首まで水に浸す。泉の水は冷たすぎず、久しぶりに歩き回って疲れたユアンを心地よく癒してくれる。

岩の上に寝そべると、陽に透ける新緑の間を、小鳥たちが自由気ままに飛び回っているのが見えた。小鳥の声や水音、葉擦れの音を耳にしながら、ユアンは目を瞑る。

気持ちよさに浸っていた、次の瞬間。足首を掴まれ、水の中に引きずり込まれて、ユアンは悲鳴を上げた。

必死でもがいて水から顔を出すと、悪戯を仕掛けたルキアスが子供のように笑っていた。

「――っ、何するんだよ！　全身濡れただろう！」

「だから、すぐ乾くって」

悪びれずにそう言うルキアスにムッとして、ユアンは派手に水を掛けてやる。

不意打ちを食らったルキアスが驚いた顔でユアンを見て――そこからは、子供のような水の掛け合い、足の引っ張り合いになった。

いくらもせずユアンが息を切らすと、どちらからともなく岸に上がり、岩の上に寝転ぶ。

「二十歳にもなって、どうしてこう子供っぽいんだ」

荒い息をつきながら文句を言うユアンに、ルキアスは声を上げて笑った。

「ユアンだって、乗ってきたじゃないか」

軽口を叩き合い、言うことがなくなって、ユアンは口をつぐんだ。

ルキアスも、黙って隣で目を瞑っている。

いつもは熱いくらいの太陽だが、冷えた身体にはちょうどいい。疲れと心地よさでうとうとしかけたころ、不意にルキアスが呟いた。

「結婚するなら、こんなふうに一緒に馬で駆け回ったり、思ったことを何でも言い合ったりできる人としたいと、ずっと思っていた」

少し真剣味を帯びた声色に、眠い目を瞬かせ、首だけ動かして、ユアンは隣に寝そべるルキアスを見る。

「……何人もの女性と引き合わされたけれど、そんな人は今までいなかった。女性達が興味を持っているのは、化粧、ドレス、夜会に宝石。夫を立てることはできても、対等に話ができる人は、なかなかいない」

ルキアスは困ったように笑って、勢いよく起き上がった。

「一生を共にするんだから、お飾りの夫婦にはなりたくない。同じ感覚を持っていて、一緒にいるだけで安らげる人がいい。間違ったことをしたら、叱責してくれる人がいい」

ルキアスはぽつりぽつりと、慎重に言葉を紡ぐ。

「ユアンと出会ったとき、運命と出会ったと思ったよ。初めて話した日からずっと、ユアンは特別だった。でも、王太子として、自分は王妃を娶り、世継ぎを儲ける義務がある。それに、ダルレ王国では同性愛が禁忌だったし……。だから、想いは心の奥底に閉じ込めた。それでもよかったんだ。友愛なら一生途切れない絆ができるから」

ルキアスの気持ちをきちんと聞くのは、初めてだ。少し前の自分なら、きっと「聞きたくない」と言って話を遮っていた。けれど、どうしてか、今は聞こうと思えた。

「ユアンがどんな形でも生きていてくれたのは嬉しかったし、正直に言えば……オメガに転性したと知って、嬉しかった。ユアンがそのことで苦しんでいるのは分かっていたけれど、助けられるのは俺しかいないと思った」

ルキアスは自虐的な笑みを浮かべて、小さくため息をついた。

「妾は体面上のこと、ユアンが嫌なら無理強いはしないなんて言いながら、心のどこかで、期待していた。いつか自分を好きになってくれるんじゃないか、って。ユアンの気持ちを考えていなかった。今更遅いけれど……本当に、すまなかった」

ユアンは戸惑った。

こんな風に謝られるとは思っておらず、どう答えたらいいのか分からなかった。

「『親友』としての信頼は失ってしまったけれど、これからも、俺の中ではユアンは『唯一無二』の存在だ。だから、何かあれば助けるし、この国を出て、行きたい場所があるなら、できる限り協力する」

今度こそ約束は守る、と呟くと、ルキアスはすっきりしたような顔で立ちあがった。

「そろそろ、本腰を入れて妃を探すつもりだ。再来月には父の在位三十年を祝う式典もあるし、できればその時に婚約を発表して父を安心させたい。——お前みたいな相手は望めないだろうが、慈しみ合える相手と出会えればいいと思っている」

ルキアスはユアンに手を差し出した。

「風が冷たくなってきた。身体が冷える前に、戻ろう」

黙ってその手を取り、立ちあがるのに力を貸してもらう。

大きくて力強い手は、微かなぬくもりだけ残して、すぐに離れて行った。

馬の背に揺られ、ルキアスの背中を目で追いながら、ユアンは考える。

自分がオメガになった途端、自分を「女扱い」するようになったとずっと思っていた。だが、ルキアスはずっと真剣に自分のことを好きでいてくれたようだった。

だとすると、ユアンがずっと「女扱い」だと思っていたのは、大切にされていただけなのではないか。

そういえば、ルキアスは留学中もよくユアンにプレゼントをくれていた。何度かアクセサリーをもらって、「俺は女じゃない」と呆れたこともあった。

べたべたくっついてきたのも、よく考えてみれば、留学中とそう変わらない。変わらなかったのに、肌を合わせたというだけで、ユアンの方が意識過剰になっていただけのような気がする。

自分はどうしたいのだろう。

貴賓宮に移り、抑制剤ももらえるようになったことで、自分でも驚くほど心は安定してきている。

けれど、こんな状態を一生続けられるわけがないことは、よく分かっていた。

何の務めも果たさないまま、ただ面倒を見てもらうだけのお荷物でいるわけにはいかない。かといって、ルキアスの伴侶になれるのかと聞かれたら、黙るしかない自分がいた。

伴侶になるというのは、当然ルキアスと肌を合わせることも了承するということになる。ルキアスを受け入れて、どんどん淫らになっていった自分を思い出すと、背筋が冷たくなった。

発情期の度に正常な思考を失うことも、まるで女のようにルキアスの雄を強請る自分も、ユアンはどうしても許せなかった。抱かれ続けていたら、自分が自分ではなくなってしまう気がしていた。

事実、少しおかしくなりかけていたと思う。シュロの葉が使われていたあの抑制剤を飲んだ前後の記憶は曖昧だった。ただ発情期が来る恐怖に頭の中を支配され、抑制剤を飲みさえすれば、この全ての苦しみから解放されるような気がしていた。

思っていた以上に、自分は脆く、弱い存在だったのだと気付かされて、ユアンは知らずため息を零した。

「どうした？　大丈夫か？」

「少し、疲れた」

素直にそう口にして、ユアンは馬を止めた。

考え疲れたのもあるし、体力がさほど戻っていないのに街中を歩き回り、水辺で遊んでしまったのもまた、ユアンの疲れを増幅させていた。

少し先を行っていたルキアスが思案顔になり、馬を反転させて戻ってくる。

「つらいなら、一緒に乗るか？」

ユアンが目を丸くすると、ルキアスは慌てて手を振った。

「いや、他意はない。一人で乗るのがつらいなら支えようと思っただけだ。……だが、悪かった。俺が嫌なら、アーロでもいいが……」

バツが悪そうに、ルキアスは瞬きを繰り返す。

「……王宮まで手綱を握るのは少しつらい。頼んでいいか」

自分でも考えがまとまらないまま言うと、ルキアスは初め驚いた顔をして、それから眩しいほどの笑顔になった。

馬を並べたルキアスがユアンの腰に手を伸ばしてきて、ぐっと抱き寄せられる。

馬上を軽々と移動させられ、ユアンは複雑な気持ちになった。

頼もしいとも思うが、同じ男として、悔しくもある。

ルキアスはユアンの馬の手綱をアーロに渡すと、近くに垂れ下がってきていた果実をもぎ、袖でそれを拭いてユアンに手渡してきた。

「ローの実だ。甘くて水分が多いから、疲れが取れる」

それを素直に受け取って、齧ってみる。

確かに、ローの実は瑞々しく、そして、ほのかに甘いような気がした。少し、味覚が戻って来ているのだろうか。

もう一口、かぶりつく。

ほんのりと甘い果実は、ユアンの疲れた身体にじわじわと染み渡っていった。

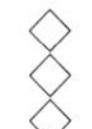

アフタビア王国の王室書庫は、広々としていて開放的だった。

書庫で働く者たちは、大抵本の事以外はあまり興味がない。

アフタビアもそこは例外ではなく、ダルレの衣装を纏った「噂の王太子の妾」が現れても、彼らは無関心で、居心地がいい。

昨日まで読んでいた物とは別の、オメガに関して記載された本を何冊か手に取り、ユアンは書庫の一角に陣取って読み始めた。

数週間前に街へ出かけてから、ずっと頭から離れないことがあった。

オメガとは、何なのか。どうして「オメガ」という性が生まれ、そして迫害や差別を受けるに至ったのか。

今まで、ユアンは第二の性について考えたこともなかった。世の中に「男」と「女」が存在するように、第二の性も当たり前に存在していたし、それを不思議に思ったこともなかった。扱われ方についても、気の毒に思うことはあっても、疑問に思ったことはなかった。

だが、ハサルガートの街で、赤い腕輪のオメガを見た時、思ったのだ。

どうしてオメガはこのような扱われ方をされなければならないのだろう、と。

ルキアスの調べてくれた、各国のオメガの生活状況も、ユアンの疑問に拍車をかけた。

アルワドのように、オメガであることが全く生活に影響しない国もある。一方で、ダルレのように、命すら軽く扱われてしまうこともある。

それは、何故なのか。

どういう歴史を辿って、今のような状況に落ち着いたのか。

気になり出すといてもたってもいられなくなり、ユアンはここ数週間というもの、毎日こうして書庫へ通ってはオメガのことを調べていた。

幸いにも、ここには「第二の性」に関する膨大な量の本が収められている。

第二の性の発現と、定着の歴史。その性質について。かつての、各国での扱われ方。オメガが関わった事件や事故。

気付けば日が傾き、周囲は薄暗くなっていた。

本から顔を上げたユアンは、一人分のスペースを空けてルキアスが座っているのに、どきりと心臓を跳ねさせた。

ルキアスはソファに沈み込むような姿勢で長い足を組み、難しい顔で本を読んでいた。その横顔には、隠しきれない疲れが滲み出ている。

「……いつからここに？」

ルキアスは片眉を上げてユアンを見た。

「一時間くらい前からいたのに、今気付いたのか？」

ルキアスは苛立った様子でパタンと大きな音を立て、本を閉じた。

なかなか気付いてもらえなかったことに拗ねているらしい。声をかければよかったのに、理不尽な苛立ちをぶつけられ、ユアンは、ムッとした。

「集中していたから」

「知っている。お前は集中すると回りの物音が聞こえなくなることも、知ってる」

「知ってるなら八つ当たりするな」

呆れてため息をつく。ユアンはルキアスの存在を無視することにして、本に視線を戻した。

不意に横から分厚い本を差し出される。表題に『オメガ性の知られざる現代史』と書いてある。確か、書棚になくて、後で確認しようと思っていた本だ。

ユアンはまじまじとルキアスを見た。

「読んだのか?」

「ああ」

頷きながら、ルキアスは堪えきれないように、一つあくびをした。

アフタビア国王の在位三十年を祝う式典が迫り、ルキアスは仕事に忙殺(ぼうさつ)されていると聞く。食事の時間にも姿を見せなくなり、最近は数日おきにしか顔を合わせていない。

そんな中で、わざわざ時間を作り、この分厚い本を読み切ったのだろうか。

「中に、興味深い記述があった。転性オメガの出現に関する考察だ。事実かどうかはさておいて、一度読んでみた方がいい」

ユアンは受け取った本を開き、その章をざっと目で追った。

転性オメガに関して、知られていることは多くはない。

確認されているのはアルファからオメガへの転性のみで、その他の性別からの転性はないということ。一千万人に一人という、非常に稀な現象であり、何故か大陸の北山間部に多いということ。そして、転性オメガが再びアルファに戻った例はないということ――。

それくらいだった。

あまり期待せずに読み始めたユアンは、思っていたよりも深い考察に、引きずり込まれた。

本の内容は、転性オメガの出現や歴史から始まり、幾多の調査や聞き取りを経て行き着いた、一つの仮説が打ち出されている。

――本能で惹かれ合う、アルファとオメガでいうところの「運命の番」が稀にアルファ同士だった場合、そのどちらかがオメガに転性する可能性があると考えられる……？

突拍子もない超理論として片付けられそうな仮説だが、研究対象となった転性オメガのすべてに、非常に仲のいいアルファがいたという記述を読むと、真実にも思えてくる。

この著者によると、「運命の番」というのはそもそも、アルファとオメガの間だけにあるものではなく、単純に遺伝子の相性のよさを差すらしい。

つまり、第二の性は関係なく、誰にでも「運命の相手」は存在する、ということだ。

運命の番がアルファの中にいたがために、自分はオメガに転性したというのだろうか。

だとしたら、その相手は――。

不意に左肩にルキアスが頭を預けてきて、ユアンは飛び上がりそうなほど驚いた。

「……っ、おい」

乱暴にルキアスを押しやろうとして、その手が止まる。

ルキアスはぐっすり寝入っていた。一瞬寝たふりだろうかという疑いが頭を過るが、呼吸の深さで、そうではないと分かる。

重い身体を受け止めきれず、押し倒されるようにしてユアンがソファに倒れ込むと、ルキアスは寝やすい体勢を探りはじめた。

「ちょっ、おいっ、俺はクッションじゃっ……」

腰に抱きつかれ、腹に顔を埋められて、ユアンは焦る。ルキアスは体勢が気に入ったのか、そこからぴくりとも動かなくなった。

叩き起こすかどうか長いこと逡巡していたユアンは、やがてため息をつき、身体の力を抜いた。

疲労を滲ませているルキアスを、寝かせてやりたいと思ってしまったのだ。

ルキアスは、ユアンに寝首を掻かれるとは夢にも思っていないのだろう。

無意識に自分へ向けられる信頼に、ユアンは何だかくすぐったいような妙な気持ちになった。

柔らかい金色の髪にそっと触れると、ユアンの手に頭をぐいぐい押しつけてくる。まる

で子供のようだ。ユアンはふっと口元を綻ばせた。

本をテーブルに置き、自らも目を閉じる。

疲れていたのだろうか、すぐに、ルキアスに引きずられるように、ユアンにも眠気が押し寄せてくる。

ルキアスの重みと体温は心地よく、身体を寄せ合ってまどろむ猫のように、ユアンはいつしかうとうとと眠りの世界に落ちていった。

目を覚ました時、未だ夢の中にいるのではないかとルキアスは疑った。

それくらい無防備な顔をして、ユアンは気持ちよさそうな寝息を立てていた。よほど疲れていたのか、自分はいつの間にかユアンに抱きついて寝ていたらしい。

嫌だったろうに、起こさずにいてくれたのか。

ユアンの気遣いに、ルキアスの胸がぎゅっと締め付けられる。

おかげで、身体は格段に軽くなっていた。

ここまですっきりしたのは一体何日ぶりだろう。そっと身体を起こして、ルキアスはユアンの寝顔を見つめた。

頭を覆っている布が外れて、ソファの下に落ちている。それを拾ってソファに掛けてから、ルキアスはユアンの黒髪に手を伸ばした。指先で軽く梳いてから、しっとりと汗に濡れている額を指の背で拭う。

学生時代は、よくこうして、眠るユアンの傍らで本を読んだものだった。

しかし、アフタビア王国へ来てからは、ユアンはルキアスの前では、頑なに寝ようとしなくなっていた。

こうして共に眠ることを許してくれたということは、少しは信頼を回復できたのだろうか。

ユアンが眉を微かに動かし、ルキアスはぱっと手を離した。息を詰めてユアンの様子を窺うが、ユアンは寝入ったままで、ルキアスはほっと息をついた。

ここへ来たときはまだ夕方だったのに、すっかり日は落ち、蝋燭の明かりが室内を照らしている。

「お目覚めですか」

アーロが傍に寄ってきて、潜めた声でそう聞いてくる。

眠るユアンに気を遣っているのだろう。

「ああ。どのくらい寝ていた？」

「ほんの一時間ほどです」

「そうか」

「そろそろ、エラド公爵のご令嬢がお着きになります」

「……分かった。行こう」

頷いて立ちあがったルキアスに、アーロは眉根をぎゅっと寄せた。

「本当にお話を進めるおつもりで？」

アーロの声には非難の色が滲んでいる。

ルキアスは眠るユアンに視線を落としてから、一度目を瞑った。

「そのつもりだ。エラド公爵令嬢なら、家柄も申し分ない」

「家柄だけで決めるのは嫌だと、仰っていたじゃないですか。こんなに性急に決めてしまって、本当によろしいのですか」

「……今日の今日、婚約が決まるわけじゃない」

「いいえ、決まるようなものです。ご令嬢はもちろん、両家ともご両親が乗り気なんですよ。今夜お会いするということは、婚約が内々定になるということくらい、ルキアス様が一番分かっていらっしゃるでしょう」

身を乗り出して訴えてくるアーロに、ルキアスはため息をついた。

「アーロ。正妃はいつか迎えなければならない。それが早いか遅いかの違いだ」

「では、ユアン様のことは、もういいんですね」

「アーロ……」

「ユアン様が他の方の番になっても、諦められるんですね？」

ルキアスは黙り込んだ。

ユアンが、他のアルファのものになる。そう考えただけで全身の毛が逆立ち、絶対に渡したくないという独占欲が胸に渦巻く。しかし、それは殺さなければならない感情だった。ユアンが自分との関係を望まないのなら、その気持ちを尊重すると決めたのだ。

ふと、ユアンに渡した本が目に入る。

あの本には、アルファ同士が「運命の番」であった場合、片方のアルファがオメガに転性してしまうのではないか、という仮説が記されていた。

自分とユアンが「運命の番」なのだとすれば、出会った時からユアンのことを特別に思っていたことも、ダルレ王国の塔で、自分の理性が完全に失われてしまったことも、納得がいく。

ユアンのフェロモンは、どのオメガのものよりも濃く、脳髄(のうずい)が溶けそうになるほど官能的で、甘い。アルファ用の抑制剤を飲んでいても、ルキアスを獣に変えようとしてくる。

いっそ、オメガになったのが自分だったらよかったのだろうか。

いや、真面目すぎるせいで、理想の形に囚われがちなユアンのことだ。立場が反対だったとしても、また別の理由で、ユアンは悩み苦しんだだろう。

「もう決めたことだ。ヨラを呼んで、ユアンを部屋に運んでもらってくれ」

ユアンへの想いを完全に断ち切るのは難しい。

だが、妻を迎え、ユアンが外国へ移れば、いつしかこの想いも風化していくだろう。

王太子である以上、妃を迎え、世継ぎを儲けるのは自分の責務。いつまでも、手に入らない恋にしがみついているわけにはいかないのだ。

迷いを振り切って、ルキアスは大股に歩き出す。

背後で閉じた扉の音がやけに大きく響き、心に暗い波紋を広げた。

全く集中できずに数時間を過ごし、ユアンはようやく諦めて、読みかけの本をぱたりと閉じた。

今日はアーロの手伝いがないのか、珍しく部屋にいるヨラが蝋燭に明かりを灯し始めて、周囲がすでに薄暗くなっていたことに気付く。

昼間、ルキアスが女性と庭園にいるところを見てしまってから、気持ちが晴れない。

二人を見かけたのは、書庫で半日を過ごし、部屋へ戻ろうと回廊を歩いている時だった。

ルキアスと女性は、仲むつまじい様子で庭園のベンチに座り、話をしていた。距離の取り方を見て、親族ではないのはすぐに分かった。

――相手は宰相(さいしょう)であるエラド公爵の、二番目のご息女だそうです。

聞いてもいないのに、ヨラはユアンの視線の先にいる人物が誰なのかを教えてくれた。

――ここ最近精力的に正妃候補のご令嬢方とお会いになられていましたが、彼女が最有力候補のようですよ。両家揃っての顔合わせも既に済ませ、今度の国王陛下在位三十年の記念式典で、正式にお披露目(ひろめ)されるのではないかという噂です。

令嬢がクスクスと笑い声を上げる。

ルキアスが令嬢の巻き髪を掬い、そこに軽く口づけて、何か囁く。

途端に令嬢は真っ赤になり、恥じらうように頬に手を当てた。

どうしてかそれ以上二人の姿を見ていられなくなり、ユアンは逃げるようにその場を後にしたのだった。

ユアンは闇に沈む庭園を一人歩きながら、今日何度目かになるため息をついた。

無理にこの国に留まる必要はないと、ルキアスには言われている。正妃を探すつもりだということも、国王の在位三十年記念式典までにその相手を見付けたいということも、聞いている。けれど、楽しそうに笑い合っていた二人の姿を思い出すだけで、心がずんと重くなっていく。

結婚して伴侶になったら、ルキアスはきっと、あの人にも無防備な姿を見せるようになるのだろう。

大切にしていた宝物をなくしてしまったような喪失感が、胸に広がっていく。

ユアンは感情を持て余し、髪の毛をグシャグシャにして、深いため息をついた。

伴侶になることも、親友に戻ることも拒絶しておいて、失いそうになったら手放したくないと思うなんて、何て我が儘で底の浅い人間なんだろう。

ルキアスが大切にしていたお守りの首飾りを、自分は引きちぎって目の前で投げ捨てた。それだけでも、普通なら、許されないことだと思う。

散らばった首飾りの宝石が今どこにあるのかすら、ユアンは知らなかった。女官が掃除したのか、気付いた時にはもうどこにもなかったのだ。

せめて、少しでも手元に残っていたなら。

だが、後悔してももう遅い。

意味もなく庭園をうろつき、ヨラの訝しげな視線から逃げるようにして寝室に戻ったユアンは、入り口でぴたりと足を止めた。

きちんと整えられた寝台の上に、ログが何かをせっせと並べている。ユアンを見ると嬉しそうに一声鳴いて外へ出て行き、すぐに何か咥えてまた寝台に戻って来る。

「……ログ、寝台に乗ってはだめだよ」

ログを諫めようと近付いたユアンは、言葉を失った。

寝台の上でキラキラと光るそれは、ユアンがルキアスからもらった、あの「親友の証」の首飾りだった。

紐はなかったが、記憶にある首飾りそのままに宝石が並べられている。

並べ終えたログは羽を広げ、自慢げに一声鳴くと、呆然としているユアンの肩に乗り、頭を頬に擦りつけてくる。

それは普段、ログがルキアスにしかしない、親愛の挨拶だった。

「お前が、取っておいてくれたの？」

ログはそうだとでもいうように、もう一声鳴いた。

「仲直りしろって、言ってるのか？」

聞いても、ログは首を傾げて目をきょときょとと動かすばかり。

――どこにいても、お前が苦境にあるときは必ず助けに行く。だから、俺の代わりにこれを持っていてくれ。

ユアンの首にこの首飾りをかけた時の、思い詰めたようなルキアスの顔を思い出す。

塔から自分を連れ出そうとした時の強ばった顔と、強く自分の手首を掴んだ手。親友なんかじゃないとユアンが言い放ったときに見せた、悲しげな眼差し。自分に身体を預けて、安心しきって眠る姿。ユアンの知るルキアスの姿が、次々と脳裏に浮かんでは消えていく。

「……ルキアスは、許して、くれるだろうか」

首飾りの真ん中で輝く碧の石に触れ、ユアンはぽつりと呟いた。

けれど、どう謝ったらいいのか、ユアンには分からなかった。

自分はルキアスとどうなりたいのだろう。

——ユアン。愛している。

キスの合間に、熱を湛えた目で自分を見つめてきたルキアスを唐突に思い出し、ユアンの心臓がどきりと跳ねた。

胸に手を当て、じっと暗闇を見つめる。

ルキアスを思い出すとこうして胸が苦しくなるのは、何故なのだろう。理由が分からずに、戸惑いばかりが広がっていく。

祝砲と共に色とりどりの花火が上がり、夕闇に美しい花を咲かせる。

花火が上がる度に城下町からは歓声が上がり、酒に酔った民衆が、「国王陛下万歳！」と叫ぶ声が、風に乗って聞こえてきた。

アフタビア王国では、国王の在位三十年を祝して、盛大な祭りが催されていた。

数ヶ月前からルキアスがその準備に入っているのは知っていたが、ここ数日は来賓のもてなしや式典の最終調整で寝る間もないらしい。数日前に、「式典の最中は部屋から出るな」と慌ただしく言いに来たきり、顔を合わせるどころか姿すら見ていなかった。

庭園伝いに王太子宮へ行けると聞いてはいるが、呼ばれてもいないのに行くのは気が引ける。

式典には出なくていい、というのは、ユアンの立場が微妙だからという理由だけでなく、婚約者をお披露目するのに「妾」はいない方がいいという判断もあるのかもしれない。

正妃についてどうなったのか、聞きたくてもルキアスと話す機会はなく、何も聞けないままこの日が来てしまった。

それとなくアーロに聞いてみたが、微妙な顔つきではぐらかされた。

ルキアスの婚約が発表されたら、なるべく早いうちにアフタビアを出よう。

ここ数週間考えて出した結論はそれだった。

ルキアスとどうなりたいのか、考えても考えても答えは出なかった。

友人として、離れがたいとは思う。では、それが伴侶としてだったら？

真面目に考えようと思うのに、ルキアスと肌を合わせることにまで思考が及ぶと、無意識に頭の中でブレーキがかかる。

そんな曖昧な態度の自分がいつまでも側にいたら、正妃になる女性に失礼だろう。

重いため息をつくと、それに反応して、ログがトットッと飛び跳ねながら近付いてきた。大丈夫かと言いたげに少しだけ羽根を持ち上げてみせる。

「大丈夫だよ。ありがとう」

鷹なのに、ログは時々人間のようだ。

言葉も分かっている気がするし、こちらの気持ちを汲んで行動している節がある。ルキアスが置いていったログのおやつを与えていると、誰かが扉をノックする音が響いた。

今日はヨラもアーロの手伝いに駆り出されていて部屋にいない。

ノックを黙殺するが、一定の間隔を置いて、ノックはしつこく繰り返された。

仕方なく、頭から布を被り、ユアンは扉の向こうに「どなたですか」と呼びかけた。

「ユナ様、国王陛下の使いで参りました」

慇懃な男の声が扉の向こうから聞こえてくる。

「……国王陛下の？」

思ってもみなかったことを言われて、ユアンは戸惑った。

今、王宮は多くの来賓とその従者たちで溢れている。果たしてこの男の言葉を信じていいものだろうか。

ログがユアンの肩に止まり、いつでも攻撃できるような態勢に入っている。

それで心が落ち着いて、ユアンは心を決め、扉を開けた。

扉の前で待っていた男は、ユアンに一礼をして、恭しく国王の紋章を見せた。

間違いなく王の使いであるという証だ。

目元以外を布で覆っているユアンを、不躾なほど上から下まで眺め回し、男は軽く咳払いをした。

「国王陛下が、ユナ様に謁見をお許しになるそうです。急ぎお支度をして、おいでくださいませ」

「……ルキアス殿下は式典にも宴にも、出なくてよいと」

「殿下のお考えは存じません。これは国王陛下からのお達しでございます。礼服をお持ちでないのならそのままで結構。陛下をお待たせするわけにはまいりません。お急ぎくださ い」

せき立てられて、ユアンは「分かりました」と答え、一旦扉を閉めた。

ウロウロと部屋を歩き回り、国王がどういうつもりでユアンを呼びつけたのかを考える。ルキアスは、ユアンを式典に伴わないことを、国王に伝えているはずだ。それなのに呼びつけるということは、何か目的があるはず。

それが何かは分からないが、行かずに済ます方法はない。

覚悟を決めて、ユアンは衣装部屋に入った。

この国に連れて来られた日に身につけていた、華やかなダルレの衣装に袖を通す。きちんと重ね着をして身体のラインを隠し、逡巡の末、以前ルキアスから渡された首輪を探し出して装着する。初めてつける首輪には違和感があったが、人の多いところへ出向くのであれば、ルキアスの言っていた通り、自衛は必要だ。最後に目元以外を隠すように布で覆うと、ユアンは紙とペンを手にとった。

国王に呼ばれたことを書き記し、それをログの足に結びつける。

「ログ、この手紙をアーロに届けて欲しい」

ログは「分かった」と言いたげに目をきょろりと動かし、素早く飛び立っていった。

これで、ユアンが国王に呼ばれたことは、ルキアスの耳に入るだろう。

部屋の外へ出ると、使者の男は「お早くと言ったのに」とぶつぶつ言いながら歩き出した。およそ王太子の妾に対する態度ではないが、自分の微妙な立場を考えれば、注意する気は起きなかった。

人の目が増えるに連れて、緊張の度合いも上がっていく。

式典が終わり、今は宴の真っ最中らしい。大広間には明るい音楽が響き渡り、盛装した大勢の人で溢れかえっていた。

すれ違う賓客や使用人は、ユアンの姿を見ると一様に驚き、それから露骨(ろこつ)な好奇心を向けてきた。

――ほら、あれが王太子殿下の……。

――オメガの妾よ。

ひそひそと交わされる会話を意識して聞かないようにしながら、ユアンは目の前の男に遅れないように、歩きにくい服で必死に後を追う。

てっきり大広間の中央にある玉座へ連れて行かれるものと思っていたユアンだったが、使者は大広間を通り過ぎ、階段を上がった所にある小部屋に案内した。

「陛下、お連れいたしました」

こほんと咳払いして、男が扉の前で腰を屈める。

「入れ」

中から声がしたかと思うと、内側に向かって扉が開かれた。

促されて入った小部屋は、ちょうど大広間を見渡せる位置に設(しつら)えられており、広間の様子がよく見えた。

宴はたけなわのようだ。中央で音楽に合わせて踊る一団の周りで、沢山の人々が食事をしたりグラスを傾けたりしながらおしゃべりに興じている。

「お前がユナか」

広間の様子を眺めていた男が振り返り、ユアンをまじまじと見つめてそう聞いてきた。この男が国王だと、すぐに分かった。顔つきが、ルキアスとよく似ている。

ユアンは慌てて叩頭した。

「お目通りをお許しいただき、恐悦至極に存じます。ユナと申します。陛下がご健勝にて在位三十年を迎えられましたこと、お喜び申し上げます」

挨拶を述べると、「面を上げよ」と低い声がした。素直に従って、ユアンは顔を上げる。

「その頭の布を取って、顔を見せよ」

じろじろと見られた後に予想通りのことを言われて、ユアンは背筋を緊張させた。

「お許しくださいませ。ダルレでは、女は血族と夫以外の男性に顔を見せてはならない決まりになっております」

用意してきた言い訳を口にすると、王は面白くなさそうに鼻を鳴らした。

「ここはアフタビア。私はお前の夫の父親だ。アフタビアでは、親は何よりも敬うべきもの。それでも従わぬと？」

「……恐れながら、陛下は私をルキアス殿下の妾とはお認めになっていらっしゃらないと伺っております。分は弁えているつもりです」

そう言って深々と頭を下げる。揚げ足を取るような受け答えは、下手をすると相手を激怒させてしまう。そうと分かっていて言った、一か八かの賭けだった。

祈るような気持ちで反応を待っていると、国王は突然笑い出した。

「同じ返しをするとはな。ルキアスからそう言えと教わったのか？　まあいい、分かった。そなたの言い分を尊重しよう」

「……ありがとうございます」

ユアンはほっとした。化粧も施していない顔を見られたら、女でないことなど一瞬でばれてしまう。それだけは何としてでも避けなければならなかった。

「確か、そなたはオメガだったために存在を隠されて育ったと聞いているが、ルキアスとはどこで会ったのだ」

「ダルレ王国第二王子の、ユアン殿下の葬儀で、お会いしました」

アフタビアに来る前、ルキアスと打ち合わせた内容を思い出しながら、ユアンは冷静に答える。

「ああ、そうだったな。ユアン殿下が亡くなられたのは、残念なことだった。改めて、お悔やみ申し上げる」

「……お気遣いありがとうございます」

「何故お亡くなりになったのだったかな？」

「流行病でございます」

「それは気の毒なことだ。王子が亡くなるほどの流行病ということは、国内でもかなりの数の死者があったことだろう。被害はどのくらいあったのだ」

「……私は、知る立場にありませんでしたから、よく存じません」

警戒を滲ませるユアンに気付いたのか、国王は大広間を見るよう促してきた。

正面の一段高くなっているところに玉座があり、そこに王妃をはじめ、ルキアスと、ルキアスの姉妹が並んで座っている。

国王が不在のため、ルキアスの下へはひっきりなしに人々が挨拶に訪れていた。

「ルキアスはいずれアフタビア王国を背負って行かねばならぬ身。不名誉な婚姻は、父として、国王として、認めることはできぬ。見て分かるとおり、今日の宴席は、ルキアスの見合いも兼ねたものだ。今日の来賓の中から政治的観点でルキアスの正妃を決めるつもりでいる」

来賓席には、確かに女性の姿が多かった。夫婦と思しき二人の脇に控えるようにして、年頃の娘達が座っている。数日前にルキアスと庭園で一緒だった女性もいた。

ここまで言われて国王の意図が分からないはずがない。

ユアンに身を引けと言っているのだ。

愛しているか、いないか、国にとって、そんなことはどうでもいい。自分がダルレ王国から来たオメガである以上、国王は婚姻を認めないだろう。男であるなら、尚更のこと。ルキアスの側を離れた方が、誰にとっても幸せな結末になるのは明白だった。

「……私は、近く、王宮を出る心積もりでおります」

言うと、国王は意外そうに目を見開いた。

「ルキアスも納得してのことなのか」

「……ご安心ください。ルキアス殿下のお心は、とっくに私から離れております。宮を移されたことが、何よりの証拠でしょう」

自分で決めたことなのに、何故か心にぽっかりと穴が空いたような気がした。

「できるだけの援助はしよう」

ユアンの返事に満足したのか、王は意外にもそう優しい言葉をかけてくれた。

宴を楽しんでいくかと聞かれたが、ユアンは首を横に振った。ルキアスに会いたくなかったし、好奇の目を向けられるのは嫌だった。

「では、部屋まで送らせよう」

国王は機嫌よく、ここまでユアンを連れてきた男に部屋まで送り届けるように指示した。

ユアンは鬱々とした気持ちで小部屋を後にする。

渡り廊下に差し掛かったときだった。聞き覚えのある声に呼ばれ、振り向くと、兄、ノルブが満面の笑みを浮かべてこちらへ近付いてくるのが見えた。

背筋をぞっと恐怖が這い上る。侮蔑の色を浮かべ、自分を冷たく睨み付けていた兄の目を、ユアンは忘れていなかった。

その場で固まっているユアンに、兄はあっという間に追いついた。兄の後ろをついてきていたヨラが、案内役の男に歩み寄る。

「ダルレ王国王太子、ノルブ殿下です。ユナ様とは遠縁にあたります。ユナ様には従者である私が付き添い、お部屋までお送りいたしますので、ご安心ください」

男は胡乱(うろん)げな目をユアンとノルブに向けつつも、黙って頭を垂れた。

「久しぶりだな、ユナ。元気そうで何よりだ」

男が去っても胡散臭(うさんくさ)い笑顔のままなのは、ここが回廊で、人の目があるからだろう。

「王太子殿下も、お元気そうで何よりです」

わざわざ声をかけてきたのには理由があるはずだ。目上に対する拝礼をするユアンの指先が小刻みに震え、冷たくなっていく。

「アフタビアの王太子とは、まだ番になっていないそうだな。あろうことか、王太子を拒んでいるとか。今朝陛下にお祝いを申し上げた際『ユナ殿とは短い縁であったが、今後のダルレの発展を願っている』と言われたが、どういうことだ?」

遠目からは、優しげにユアンに話しかけているようにしか見えないだろう。

黙っていると、兄は焦れたようにもう一歩、距離をつめた。身体が触れそうなほど近くなり、ユアンはビクリと身を竦ませる。

「ヨラから聞いている。王太子は正妃を迎え、お前を王宮から出す心積もりのようだな。金で買った妾は用済み、というわけか。それとも、周囲の目を欺き、私たちの手から逃れようという計画か？」

嫌みな言い方で、ユアンの心を揺さぶろうとしてくる。

それでも黙ったままでいると、兄は苛立ちを露わに、舌打ちをした。

「まあいい。父上も私も、お前がアフタビアの王太子と番い、子を産み、祖国に繁栄をもたらしてくれることを期待していた。だが、それが望めぬのであれば、別の方法でタルレの役に立ってもらうまでだ」

酷薄な笑みが、兄の口元にうっすらと浮かぶ。

「オメガになったお前に、父上が与えた慈悲を忘れるな。次に逆らったら命はないと思え」

ユアンは呆然と兄の顔を見上げた。

父上が与えた慈悲？

三ヶ月も塔に幽閉し、勝手に葬儀をあげ、親友に自分を襲わせたことが慈悲だというのだろうか。それでユアンがダルレのために動くと、本当に思っているのだろうか。

怒りと悲しみがユアンの心に渦巻く。自分の祖国を悪く言いたくはない。言いたくはないが、残念ながら、ダルレは他国と比べて考え方が百年遅れている。

オメガ関連の本を読み、他国の状況を知るうちに、ユアンは自然とそう思うようになった。

閉鎖的で変化を受け入れない国に、未来はないだろう。

作り笑いを浮かべたまま、兄はユアンから離れ、踵を返した。どこからともなく現れた兄の従者が、影のようにその背に付き従う。

ヨラはユアンに付いてくるつもりらしく、その場に留まったままだ。

「お前も王太子殿下に付いていったらどうだ」

冷たく言い放つが、ヨラは全く動じない。兄から監視するように命じられているのだろう。不快だが、ここで揉めるわけにもいかない。ユアンが歩き出すと、当然のように後ろを付いてきた。

ヨラに気を取られていたユアンは、貴賓宮の自室に一歩足を踏み入れるまで、それに気付かなかった。

広い部屋の絨毯の上に、見知らぬ男達が円になって座っている。

その中心にいる男の顔を見た瞬間、ユアンはゾッとして後退りした。

ダルレの隣国、マーハトヤ王国の国王ワンダルだ。ワンダルは、大の好色、しかもオメガ狂いで有名だった。男女問わず、気に入ったオメガがいればその場で犯し、後宮に連れ帰るのだという。

「遅かったではないか、待ちくたびれたぞ！」

酔ってだらしなく緩んだ顔つきには知性のかけらもないが、武人として名を馳せただけあって、身体は怖いくらいの筋肉が盛り上がっていた。

マーハトヤとダルレは昔から諍いが絶えず、仲が悪い。領地や特産物を狙って進攻してくるマーハトヤに、ダルレはずっと頭を悩まされ続けてきた。

――まさか。

まさか、父は自分をワンダルに売ったのだろうか。先程兄が言っていた、「別の方法でダルレの役に立ってもらう」というのは、このことなのだろうか。

ヨラが背後から乱暴にユアンの頭の布を取り去った。

「ワンダル陛下は、あなたが陛下と番うのなら、今後ダルレには手を出さないとお約束くださいました」

ユアンの首に手を伸ばし、首輪をするりと外す。

もしマーハトヤ国王にうなじを噛まれてしまったら、ルキアスが何を言おうとも、名実共にユアンはこの男の番になってしまう。

背筋を、冷たい汗が流れた。

何とかして逃げなければ。そう思うのに、身体は怯えて動かない。

好色な目が一斉に自分に向けられ、ユアンはがちがちと歯を鳴らし、震えた。

「おお、おお、真(まこと)にユアン王子ではないか！　死んだと聞いたときは残念に思ったが、まさかオメガになったお前を手に入れられる日が来ようとは！」

マーハトヤ国王が歓喜に鼻息を荒くする。

「ダルレ国王からの贈り物でございます。くれぐれも、お約束をお忘れなきよう」

「ああ、分かっている！　王子のことを口外はせぬ、安心しろ」

興奮しながら酒を飲み干し、マーハトヤ国王は手を打ち鳴らした。

抵抗という抵抗もできず、ユアンはあっという間に従者の男達に床に転がされ、仰向けに押さえつけられた。

ヨラはじっとその様子を見ている。

「美しいのう。そなたを番にして、子を孕ませられるとは」

マーハトヤ国王の手が伸びてきて、ユアンのうなじを撫でる。

ぞっとして、ユアンは激しく抵抗した。しかし、数人がかりでこられては敵うわけもなく、鼻先に香炉(こうろ)を突きつけられる。

強烈な香りに、脳がぐらりと揺れた。火がついたように身体が熱くなり、自分でもそうと分かるほど、強いフェロモンの香りが立ち上り始める。

ユアンを取り囲む男達の息が荒くなり、その目に、先程とは比べものにならない獰猛(どうもう)な光が宿るのが見えた。

　男達はみな、アルファなのだろうか。そうだとしたら、とても逃げられない。絶望がひたひたと押し寄せてくる。

「やめろ、触るな！」

　ユアンは服を脱がそうとする男達の手から逃れようともがいた。

　しかし、慣れているのか、男達はユアンの足掻きをものともせず、あっという間に服を取り去った。

　ユアンの足が持ち上げられ、秘部をマーハトヤ国王に晒される。

「これは愛らしい。オメガになったというのは本当だったようだな、発情促進剤のおかげで、もうお前の秘部は準備が整ったようだぞ」

　揶揄（やゆ）されて、ユアンは羞恥と怒りで顔を真っ赤に染めた。

　ユアンの胸に垂らされた香油を、マーハトヤ国王がいやらしい手付きで塗り広げる。胸の飾りを押しつぶすように何度もこねられ、ユアンは身を捩った。

　何を叫び、怒鳴っても、マーハトヤ国王は手を止めない。

　気持ちが悪くて吐きそうだった。なのに、後ろの孔を愛液がどろりと伝っていく感触がして、ユアンは泣きたくなる。

　心は嫌がっているのに、どうして身体は言うことを聞いてくれないのだろう。

マーハトヤ国王が上着を脱ぎ、下衣をくつろげた。

男達がユアンをうつぶせにする。

「嫌だ、やめろっ！」

ユアンの後頭部をぐっと床に押しつけると、マーハトヤ国王はむき出しになったユアンのうなじに指を這わせた。ぞっとして、全身が総毛立つ。

「アルファだったとき、オメガを番にしたことはあるか？」

「……そんなこと、あるわけがないっ」

「そうか、それはもったいないことをしたな。番にしたオメガとのまぐわいは、脳が溶けそうになるほどの快楽だぞ」

それに、と言葉を切って、マーハトヤ国王は背後からユアンにのし掛かってくる。

皮の厚い手でざらりと下腹を撫でられ、ユアンは息を呑んだ。

「番になれば、孕む確率も格段に上がる。一度で子ができるかもしれんなあ」

王は笑うと、ユアンのうなじに落ちた髪を掻き上げた。

そこが完全にむき出しになり、マーハトヤ国王の息がかかる。

「嫌だ！　番になどならない！　やめろっ！」

「初めは嫌でも、すぐに快楽に溺れ、どうでもよくなる」

恐怖と嫌悪で震えるユアンの反応をたっぷり楽しんだ後、マーハトヤ国王は容赦(ようしゃ)なく、うなじに歯を立てた。

息が止まる。

世の中から、全ての音が消え去った気がした。

鉄さびのにおいと共に、傷口から零れた血が首筋を伝い、ぽたぽたと床に落ちる。

こんな男の前で泣きたくなどないのに、悔しくて悲しくて、涙が溢れ出す。

オメガは番になると、首筋を噛んだアルファにしか反応しなくなり、他のアルファには拒絶反応が起きるという。

絶望のあまり、身体から力が抜けていく。

自分はもう一生、この男の呪縛から逃れられなくなってしまったのだ。番の契約から逃れるためには、この男を殺すか、自分が死ぬしかない。

マーハトヤ国王はユアンの手を背中に回させ、滾(たぎ)ったものを握らせてくる。気持ちの悪い熱の塊が、手の中でぐにゅぐにゅと動き始めた。マーハトヤ国王の体臭が鼻を突き、吐きそうになる。

ちぎれそうなほどの乱暴さで胸の飾りを弄られ、痛みでうめき声を上げると、マーハトヤ国王は「淫乱だな。感じているのか」と見当違いなことを口にする。

「その綺麗な口にしゃぶらせたい気もするが……まずは、ここを可愛がってやらねば、お前も苦しいだろう」

尻を鷲掴んだマーハトヤ国王が、ユアンの手に掴ませていた怒張を、後口に宛がってくる。

「ほら、欲しいと言ってみろ、そうすればくれてやる」

その瞬間、ユアンの脳裏に浮かんだのは、愛おしそうにユアンを抱いたルキアスの顔だった。

理性を飛ばした最初の一度以外、いや、その時ですらも、ルキアスはユアンの快感を優先してくれた。オメガを抱きたいのではなく、ユアンだから抱きたいのだと、根気強く言い続けてくれた。

ルキアスとする行為が、嫌で堪らないと思っていた。

けれど、今初めて分かった。嫌なのは快楽に溺れそうになる自分であって、ルキアスではなかったのだと。

ルキアスはこんな自分本位の行為はしない。オメガだからと人を貶めることもない。

唸り声にも似た叫びが身体の奥底から迸った。

気付けば、ユアンは渾身の力でマーハトヤ国王を突き飛ばし、従者から剣を奪っていた。

脱がされた服と帯を手に、襲いかかってきた従者を剣で切り捨てて、庭園へと飛び出す。

逃げたユアンを追えと叫ぶマーハトヤ国王の怒号が聞こえ、騒ぎが広がっていく。

走りながら何とか服を纏い、王太子宮へと繋がる扉まで来て、ユアンは膝を突いた。

どこかでルキアスを頼りたい気持ちがあったのだろうか。無意識にここまで来てしまったが、この先には行けない。ルキアスから渡された鍵は、マーハトヤ国王のいた部屋の中だ。

休んでいる暇などないのに、膝はがくがくと震え、力が入らなかった。

あの香の匂いから離れたことで、思考は徐々にクリアになってきているが、身体の方は未だ熱を帯び、手足は泥に埋まっているかのような重さだった。

ユアンは何とか這って、低木の陰に隠れる。

願わくば、一番に、ルキアスに見付けて欲しい……。

だが、ルキアスに見付けてもらって、どうしようというのだろう。自分はもう、マーハトヤ国王の番になってしまったのに。

ユアンが別のアルファの番になったと知ったら、ルキアスはどんな顔をするだろうか。

頭に浮かんだルキアスの顔は、ひどく傷ついた、悲しそうな顔だった。

――……ああ。

想像しただけで泣きそうになり、ユアンは両手で顔を覆う。

今、ようやく分かった。

自分は、ルキアスのことが、好きなのだ。

ユアンは唇をぎゅっと引き結んだ。

もっとはやく、ルキアスへの想いに気付けばよかった。

もっとちゃんと、ルキアスに向き合えばよかった。

いくら後悔をしても既に遅い。ルキアスはとっくに新しい伴侶を決めてしまったし、自分は他のアルファの番にされてしまった。

取り返しのつかない首筋の痛みに、ユアンが涙を零したその時だった。

繁みの向こうからヨラが現れ、ユアンは身体を強ばらせた。

自分が蹂躙される様をじっと眺めていた男を、睨み付ける。

マーハトヤ国王の下へ連れ戻されるくらいなら、ヨラも斬る。こんな状態で敵うわけがないと分かっていたが、最後まで諦めたくない。ユアンは覚悟を決めて剣の柄を握り直した。

「どちらがよろしいですか」

ユアンの側まで歩み寄ったヨラは、懐から取り出した茶色い小瓶をユアンの目の高さで振ってみせる。瓶の中で、液体がゆらりと揺れた。

「最後ですから、選ばせて差し上げましょう」

「最後……?」

「そうです。その剣で自らの胸を突くか、それとも大人しくこの毒薬を飲み、この世を去るか」

小瓶を弄(もてあそ)びながら、ヨラは何でもないことのようにそう言った。

――毒薬……。

冗談で言っているわけではないことは、ヨラの目を見れば分かる。

「何故……」

問うと、ヨラは首を傾げた。

「全てはダルレ国王陛下と、王太子殿下が判断されたこと」

二人の決定は絶対なのだと言いたげな答えに、ユアンは奥歯をぐっと噛んだ。

今更ながらに、自分の甘さに気付く。初めから、兄はそのつもりだったのだ。

他国の宴席でマーハトヤ国王にユアンを差し出したのも、うなじを噛ませておきながらユアンを殺そうとしているのも、初めから父の筋書き通りだったのだろう。

おかしいと思ったのだ。

ユアンがオメガになったことは、絶対に知られたくない事柄だったはずだ。その事実を隠すために葬儀まで行った。それなのに、こんなにあっさりマーハトヤ国王にユアンのことをばらし、あまつさえ番として献上した。

裏切られる可能性もあるのに。

だが、初めからユアンを殺すつもりだったのなら、理解できる。上手く行けばマーハトヤ国王はアフタビア王国王太子の妾に手を出した咎で糾弾(きゅうだん)され、ダルレもマーハトヤに攻め入る理由ができる。

国王がいないマーハトヤは烏合の衆。煩わしい隣国を併合できれば、ダルレにとって大きな収穫となるだろう。

自分は死ぬのだろうか。

こんなところで、ルキアスにも会えないまま？

――……嫌だ。

まだルキアスに何も伝えていない。酷いことを言ってごめんと、言えていない。ユアンは首を振る。

「……どちらもごめんだ」

そう答えると、ヨラは不思議そうな顔をした。

「大丈夫ですよ。私が作った薬ですから、苦しんだりはしません。眠るように意識がなくなっていくだけです」

「俺は死なない」

「好きでもない男の番にされて、この先に待つのは地獄なのに？」

「……それでも、死ぬよりはいい。死んだら悲しむ人がいるから、俺は死ねない」

再会してから何度も死にかけて、その都度、ユアンはルキアスを悲しませてきた。

だからもう、自ら死を選ぶことだけは絶対にしたくなかった。

ヨラは何か考えるようにしばらく黙った後、口元に冷笑を浮かべた。

「ルキアス殿下のことですか？　あれだけ拒んでおいて、今更ですね。あなたは幸福なオメガだったのに、幸せを自ら手放したんです。こうなったのはあなた自身の責任。後悔なら、あの世でなさってください」

「……幸福なオメガ？　それは、どういう意味だ」

聞き返すと、ヨラはふっと笑みを漏らした。

「そのままの意味ですよ。国益のためとはいえ、宛がわれる相手を選んでもらえ、その相手には宝物のように大切にされた。オメガに差別的なダルレで、あなたほど幸福なオメガはいなかった」

ヨラは苛立ちを抑えるように、大きく息を吐いた。

「……私の兄も、転性オメガでした。でも、兄はあなたのように守ってくれる後ろ盾などなかった。兄はかつての同僚たちにぼろぼろにされ、性奴隷のような扱いを受けて精神を病み、自殺してしまいました」

初めて聞くヨラの過去に、ユアンは息を吞んだ。

「大切にされているのに、自分の不幸を嘆くばかりのあなたには、反吐(へど)が出ます」

吐き捨てるようにヨラは言う。

反論の余地もないが、それでも、ユアンは自分が「幸福」だったとは思えなかった。

ヨラはユアンの喉に手をかけ、ぐっと押しつぶした。

「……っ」

苦しさに顔が歪む。ユアンは必死でヨラの手を外そうとした。

しかし、ヨラはユアンの抵抗を物ともせず、凄まじい力で喉を締め上げてくる。

息が吸えずに、ユアンは口をはくはくと動かした。

「決められないのなら、私が決めて差し上げましょう。さようなら、ユアン殿下」

耳元でそう囁いた後、ヨラは小瓶の中身をユアンの開いた口に注いだ。

とろみのある冷たい液体が、喉の奥を滑り落ちていく。

その時だった。

上空で鋭い鳴き声が響いたかと思うと、何かが落ちてきて、ヨラに体当たりする。

それは一瞬の出来事で、ヨラはユアンから手を離し、大きく後方に飛び退った。

咄嗟に口の中の薬を吐き出し、大きく咳き込む。

「……ロ、グ」

呟くと、ログは威勢よく鳴き声を上げた。

「ユアン！」

剣を手にしたルキアスがアーロを伴い、飛び込んでくる。

――来て、くれた。

何かあったら助けに行くと、そう約束してくれた通りルキアスは来てくれた。

安堵のあまり、ユアンはその場に崩れ落ちる。

舌打ちをして、ヨラがルキアスに斬りかかった。

しかし、剣の腕ならルキアスの方が数倍上手である。ルキアスの重い剣を受け止めきれないと悟ったのか、ヨラは懐から取り出した小瓶の蓋を開け、呷ろうとした。

「させるか！」

一瞬早く、ルキアスが投げた鞘が手に命中し、ヨラは瓶を取り落とす。

「簡単に死なせるものか！　ユアンに手を出したこと、死ぬほど後悔させてからあの世に送ってやる」

ルキアスの怒声に呼応するように、近衛兵が駆け寄ってきて、ヨラを取り囲む。

観念したのか、ヨラはそれ以上抵抗せず、縄を掛けられ引き立てられていった。

「ユアン、大丈夫か?!」

ルキアスの慌てた声が聞こえ、地面に倒れ伏していたユアンを抱き上げてくれる。

返事をしたいのに、身体が重く、声が喉に張り付いたように出てこない。

どんどん力が抜けていく指で、ユアンはルキアスの胸元に縋った。

地面に転がっている茶色の瓶を見遣る。

ユアンの視線に気付き、ルキアスは身体を強ばらせた。

「これは……まさか飲まされたのか？　ユアン、しっかりしろ！」

薬師を呼べと叫ぶルキアスの声を聞きながら、ユアンはぼんやりと宙を見つめた。

眠るように死に至るとヨラが言っていた通り、まるで眠りに誘われるかのように瞼が重くなっていく。

このまま死ぬのかもしれない、とユアンは思った。

死んでしまったら、もう自分の気持ちをルキアスに伝えることはできなくなってしまう。

それなら、今、伝えなければ。

何とか指先を動かして、くっとルキアスの服を引っ張ると、それに気付いたルキアスがユアンの口元に耳を寄せる。

「何だ？　ユアン、何が言いたい？」

動揺に声を震わせる男に、ユアンは最後の力を振り絞って唇を動かした。

「酷いこと、ばかり、言って、ごめん……」

――……好き、だ。

声は、果たしてルキアスに届いただろうか。

それきり、ユアンの意識はぷつりと途切れた。

夢うつつに、ユアンは「死なないでくれ」と必死に願うルキアスの声を聞いていた。

意識は、浮上したかと思えば、また泥のような闇に引き込まれるの繰り返しで、どこまでが夢でどこからが現実かすらも分からなかった。

寒くて寒くて凍えそうな時と、熱くて息をするのも苦しい時を何度か繰り返した後、ユアンはようやく重い瞼を開いた。

室内は薄暗く、広い寝台に寝かされていることくらいしか分からない。

焦点が定まらないまましばらく視線を彷徨（さまよ）わせ、ユアンはようやく、誰かが自分の手をしっかりと握りしめていることに気づいた。

「……ルキ、アス」

空気が漏れるような、掠れた声が出る。

微かなその声に、寝台に突っ伏していたルキアスは顔を跳ね上げ、目を見開いて、ユアンの頬を撫でた。

自分はどれだけの間意識がなかったのだろうか。

ルキアスは、目の下に濃い隈（くま）を作っていた。顔色も悪く、無精髭（ぶしょうひげ）まで生えている。手を伸ばして、その髭をそっと撫でると、ルキアスの目がみるみる潤み、顔をくしゃくしゃにした。

「苦しくないか？　どこか、おかしいところは？」

聞かれて、ユアンは首を振った。身体に力が入らないことを除けば、どこもおかしな所はない。

ほっと息を吐いたかと思うと、ルキアスは身を起こし、覆い被さるかのようにユアンを抱き締めて、首筋に顔を埋めた。そのまま、なかなか抱擁を解こうとしない。

ユアンは重い手を上げて、ルキアスの腕にそっと触れた。

「ここは……？」

「俺の部屋だ」

「どうして、ルキアスの、部屋に……？」

「一週間も目を覚まさなかったんだぞ？　一瞬でも目を離したら、死神に連れて行かれそうで……」

まだ不安そうにそう言って、ルキアスは顔を上げた。

涙に濡れた目と目が合う。

ルキアスは黙ってユアンの額の汗を拭い、愛おしそうに何度も頬をなでた。

「また、ユアンを失うかと思った」

ぐっと喉を詰まらせて、ルキアスが声を震わせる。

──ああ、助かったのか……。

あのまま死んでしまわなくてよかった。

そう安堵したのも束の間、僅かに身動いだ瞬間、首筋に痛みが走った。

そこを噛まれた時のことが、鮮明に脳裏に蘇ってくる。

そうだ。

命は助かったが、この身体は別の男のものになってしまったのだった。

オメガとアルファの間に存在する呪縛。

そのせいで、ユアンはマーハトヤ国王が生きている限り、他のアルファを受け入れられなくなってしまった。

ルキアスはこの傷を見て、どう思っただろう。いや、ユアンは王宮を出ることになっていたし、正妃も決まっただろうから、誰と番になろうが気にしないかもしれない。

この優しい穏やかな腕を、手放さなければならない。

分かっていても離れがたく、涙が溢れて止まらなくなる。

「どうした？　苦しいのか？」

ルキアスの問いかけに、ユアンは首を振って、「ごめん」と小さく口にした。

「……何に対して言っている？」

ルキアスが抱擁を解き、戸惑いを覗かせる。

「酷いことを言って、ルキアスを拒んで、ごめん。もう遅いのは分かっているけれど、死ぬんだって思った時、謝れなかったことを、後悔したんだ」

堰を切ったように伝えたかった言葉が溢れ出し、止められなくなる。

「ユアン……」

「結婚の邪魔は、しないから。迷惑かけないように、するから。ルキアスが嫌じゃなければ、せめて、これからも友人として、付き合っていきたい」

ユアンは俯いて、一息で言う。

怖くてルキアスの顔は見られなかった。

あの時、ルキアスが自分にそう言ったときも、こんな想いだったのだろうか。

一時の感情に任せてルキアスの思いを踏みにじった自分が恥ずかしく、後悔ばかりが胸に押し寄せてくる。

「一つ、聞かせてくれ」

ルキアスがユアンの肩に手を置く。

「意識を失う間際に言ったことを覚えているか？」

咄嗟に「好き」と言ってしまったことを聞かれているのだと思い至り、ユアンは口ごもった。

「あ、あれは……、死ぬと思っていて」

答えながら、ユアンは忌まわしいうなじの傷に爪を立てる。

「……忘れてほしい。今更そんなこと言う資格なんてないって、分かってる。正妃が決まったんだろう？　邪魔する気なんかない」

「あの騒ぎで、婚約者は決まらないままだ。だから、もう一度申し込んでもいいか？」

ゆるく首を振ると、ルキアスが優しく「何故？」と聞き返してきた。

「分かってるだろう。俺はもう……」

言葉にすると一層、絶望は深くなった。堪えきれず、涙が溢れる。

ルキアスの手が伸びてきて、愛おしげに後頭部の丸みを撫でた。うなじに爪を立てるのをやんわりと止められて、ぎゅっと握られる。

「……ユアン。キスをしてもいいか？」

「ダメだ」

ユアンは激しく首を振った。

一度アルファの番になると、そのアルファ以外との性的な接触は、たとえキスだけであっても、吐くほどの拒絶反応が起こるという。そんな状態になった自分を、ルキアスに見られたくなかった。

なのに、ルキアスはユアンをそっと抱き寄せ、顎をすくい上げた。

ぎゅっと目を瞑る。

ルキアスの唇が自分のそれに触れ、ユアンはびくりと身体を震わせた。

軽く啄み、離れていく。またすぐに戻って来て、今度はしっとりと口づけられる。触れたところから痺れにも似た甘い感覚が湧き出てきて、ユアンの心がゆっくりと満たされていく。

舌先に促されて、ユアンは小さく口を開いた。

途端にキスは深くなり、ユアンはルキアスの舌に夢中で自分の舌を絡めた。もっとしてほしくて、ユアンはルキアスの頭を掻き抱く。

息が苦しくなるほどのキスの後に軽いキスをして、ルキアスは顔を上げた。

「拒絶反応は？」

聞かれて、ユアンはおずおずと首を振った。

話に聞いていた気持ち悪さなど、どこにもなかった。むしろもっとしてほしくなるほど、幸せな気持ちだった。

戸惑うユアンに、ルキアスは顔を綻ばせる。

「ユアンはまだ、誰の番にもなっていない」

「……え？」

「マーハトヤ国王はアルファじゃない。ベータだったんだ。ベータが噛んでも、番は成立しない」

ルキアスはユアンが意識を失った後に起こったことを教えてくれた。

倒れてすぐに医師によって解毒剤を処方され、事なきを得たこと。

宴の席に現れたマーハトヤ国王が、ノルブに「約束が違う」と絡み、ユアンをもらい受ける約束を暴露したこと。ユアンを番にしたというマーハトヤ国王に、怒りに我を忘れたルキアスが、決闘を申し込んだこと。だが、アフタビア国王に「戦争する気か」と諭され、引き下がるしかなかったこと。

マーハトヤ国王は「確かにユアンを番にした」と言い張ったが、それにしてはおかしな点が多々見受けられたこと。王太子宮から離れた貴賓宮に事実上軟禁され、検証のための検査が行われた結果、マーハトヤ国王が「ベータ」だったこと。

ユアンと番になった事実も見つからず、結局、「行き違いによる誤解の結果、不幸な事件が起こってしまった」という何とも曖昧な表現で、事件はうやむやにされてしまったこと。

「だから、王妃のことや番のことで心配することは何もないんだ。まあ、たとえ本当に番にされていたとしても、俺の気持ちは変わらなかったと思うが」

言いながら、ルキアスはユアンの傷ついたうなじをそっと撫でた。

「ユアン。俺の伴侶になってほしい。親友として、恋人として、伴侶として、生涯を共にしたい」

本当に、この手を取ってもいいのだろうか。

迷うユアンの心を見透かしたかのように、ルキアスがユアンの手を引いて、ユアンの身体を再びその腕の中に閉じ込める。

「ユアン、返事はひとつしかないだろう？」

焦れたように促されて、ユアンは覚悟を決めた。

ルキアスの言う通りだ。返事はひとつしかない。

小さく「はい」と答えると、ルキアスは安堵の吐息を漏らした。

「後悔しないな？　俺はユアンを抱きたいと思っている。ユアンが受け入れてくれるのなら、もう遠慮はしない」

「わ、分かってる……」

頬が熱くなるのを感じながらぎこちなく頷くと、ルキアスは目を輝かせてユアンに伸し掛かってきた。

「ま、待て、そんなすぐには……」

覆い被さってくるルキアスにかつてないほどドキドキしながら、ユアンは慌ててその大きな身体を押しやろうとする。

ルキアスは愛情の籠もったキスを唇に落とし、「分かっている」と柔らかな笑みを浮かべた。

「目覚めたばかりの相手に、そんな無体はしない。……だけど、嬉しい」

額にもキスをしてから、覆い被さった体勢のまま、愛おしげにユアンの髪に指をくぐらせてくる。

恥ずかしさに、顔が赤くなるのが自分でもよく分かった。けれど、不思議と今は、それが嫌ではない。ふわふわとした気持ちで、ユアンは上目遣いにルキアスを見る。

愛されていると、素直に信じられた。

オメガとしての自分ではなく、「ユアン」という人間を、ルキアスは愛してくれているのだと。

濃い隈ができた目元に触れ、無精髭をそっと撫でてから、ユアンはルキアスの手を握った。

こんなに愛されているのに、いつまでも性別や役割に拘ってルキアスの想いに目を向けなかった自分を、ユアンは深く反省した。ルキアスを失っても大丈夫だと、離れたいと、どうして思うことができたのだろう。

「ユアン、いろいろ考えずに、今は休んだ方がいい。元気になってからでも、話をするのは遅くない」

素直に頷いて、ユアンは目を瞑った。

繋いでいる手は温かく、この手を離したくない。

ルキアスの番になりたい。

親友として、恋人として、伴侶として、ルキアスと人生を共にしたい。

大分遠回りをしてしまったが、次に目を覚ましたら、今度こそ、はっきりとルキアスに言おう。そう思いながら、ユアンは再び眠りの中に沈んでいった。

乾期に入ったアフタビアには、からりとした涼しい風が吹き渡っている。
爽やかな風に髪をなびかせながら、ユアンは渡り廊下を歩き、王の執務室の前で足を止めた。
国王の在位三十年の祝賀会の日から、二週間が経っていた。一度目を覚ましたものの、その後また体調を崩したりして、ユアンが医師に寝台から出ることを許されたのは、今朝のことだった。
医師から報告が行ったのだろう。午後一番に、国王の従者はユアンの下へとやってきた。

アフタビア国王が、ユアンに会いたがっている。

そう聞いた瞬間、ユアンは来るべき時が来たと思った。

国王には一度、国を出ると言ってしまっている。その発言を翻し、ルキアスと共にいるなど、国王としては納得出来ないだろう。

ユアンは迷いに迷った末、以前街に出かけたときルキアスが用意してくれた、アフタビアの男性用の服に袖を通した。念のために首輪をつけ、少し迷ってから、ルキアスからもらったあの首飾りを首にかける。これがあるだけで、ルキアスから勇気をもらえる気がした。

国王には自分を偽（いつわ）ることをやめ、全てを話さなければならない。

心を落ち着かせようと、首飾りにそっと触れてから、ユアンは王の執務室の前で深呼吸をした。

従者が扉を開ける。緊張に手が震え、嫌な汗が流れる。それでも、俯きそうになるのをどうにかこらえ、ユアンは室内に足を踏み入れた。

執務室は天井が高く、明るい光がさんさんと差し込んでいた。

美しいタイル張りの床はぴかぴかに磨かれ、部屋の中央には凝った彫刻を施された机が、その前にはソファーセットが置かれている。

国王と王妃が隣り合って座る向かいに、ルキアスが座っていた。

「ユアン！」

聞いていなかったのか、ルキアスが動揺したように立ちあがる。

「これはどういうことですか。話があると言われて来てみれば、病み上がりのユアンまで呼びつけて、何を言おうというのです」

「座りなさい。未来の話がしたいのならば、彼も同席しなければならないだろう」

重々しい国王の言葉に、不服そうな顔つきのままルキアスが座り直す。ユアンはルキアスの隣に立ち、胸に手を当てて頭を下げた。

「お召しにより、参上いたしました」

顔を上げるように促されて、ユアンはまっすぐに国王と王妃を見た。

国王の隣で、王妃は柔和（にゅうわ）な表情をユアンに向けている。

「この姿ではお初にお目にかかります。ダルレ王国第二王子、ユアン・ハン・ダルレと申します」

「ルキアスから詳しい経緯を聞きました。この目で見るまでは信じられなかったけれど……本当に男性なのね」

厳しい表情を崩さない国王に代わって、王妃が優しく声をかけてくれる。

「ずっと騙していて、申し訳ありません」

「いいのよ。事情があったんですもの」

王妃は国王に視線を流した。国王が軽く咳払いをする。

「その……なんだ、床上げしたと聞いたが、体調はどうだ」

「ありがとうございます。おかげさまで、もうすっかりよくなりました」

「そうか。しかし、こうして見ると、確かに男だな」

頷いた後、国王はユアンをじろじろと眺め回した。

ルキアスが「父上」と諫める声を出す。

「お話がないのなら、私たちはこれで」

「待ちなさい。まだ始まってもいないではないか。ルキアスから大方の話は聞いているが、そなたからも話を聞きたい」

促され、ルキアスの隣に座ると、覚悟を決めて、ユアンは口を開く。

「私がオメガに突然転性したこと、それが全ての発端です」

ユアンはそれまでの経緯を、余すところなく二人に話した。

「あの時ルキアスが父と取引をしてくれなければ、私はもうこの世にはいなかったかもしれません。ですから、ルキアスには感謝しています」

それまで黙ってユアンの話を聞いていた国王は、それを聞くなり不満そうな唸り声を上げた。

「しかし、そなたはアフタビアに来てから、ルキアスを拒んでいたそうではないか。妾としての務めを嫌がり、勝手に市中で抑制剤を手に入れた挙げ句それを飲んで倒れ、その後も、ルキアスを遠ざけて抑制剤を用意させていたと聞いている」

どう答えればいいのか迷い、ユアンは俯いた。

あの時の自分の行動について、言い訳するつもりはない。だが、どうしてそんな行動を取るに至ったのか、その心情だけは国王に分かって欲しかった。

「もし……、もし陛下が突然オメガに転性し、アルファ男性の妻になれと言われたら、どうお思いになりますか」

聞き返すと、国王は想像したのか、苦虫を噛みつぶしたような顔になった。

「……私が受け入れる側か」

「はい」

「それは…………難しいな」

「ルキアスは私の親友でした。その関係が、第二の性によって崩れてしまったことに傷つきましたし、私の意志を無視して勝手に私を『妾』とした事も、アフタビアの法で定められているからと抑制剤を渡してくれないことも、最初は恨んでいました。同じ男で、同じアルファで、ずっと対等だと思っていたのに、オメガになった途端私を女扱いするルキアスのことが、憎かった」

ルキアスと再会してからのことを思い出しながら、ユアンは慎重に言葉を紡ぐ。傍らで、ルキアスが不安げにユアンを見ているのが分かった。

ユアンはそっと手を伸ばし、安心してくれという気持ちを込めてルキアスの手を握った。

おずおずと握り返してくれたルキアスに、笑顔で頷いてみせる。

ルキアスにとっては、あまり聞きたくないユアンの本音だろう。

けれど、あの時の気持ちやつらさも、ルキアスには知っておいて欲しかった。

「でも、憎かったのは、最初だけです。今は、彼ほど私を大切にしてくれる人などいないと思っています」

国王は重々しく頷いた。

「なるほど。それで、そなたはこの先どうしたい。国のことはさておき、本心を聞かせて欲しい」

「ルキアスがどれほど私を愛してくれているか、よく分かっているつもりです。ルキアスは私にとっても唯一無二の存在で、離れることなど考えられません」

きっぱりと言い切ったユアンの目を、国王はじっと見つめた。

目を逸らさずに、ユアンはその視線を受け止める。励ますように、繋いだ手にルキアスがぐっと力を籠めた。

「正直に答えたことは褒めよう。しかし、オメガの、それも男を妃に据えることは、国の法で許されていない」

はっきりとそう告げられて、ユアンは小さく頷いた。

仕方のないことだと思う。自分も、小国のとはいえ、王族だ。王妃が強力な後ろ盾を持っている方が国にとっていいということは理解できるし、国王と同性の妃など前例がないことも知っている。

もとより、正妃の座が欲しいわけではない。ルキアスと共に過ごせればそれでいい。

「父上、何度も言いましたが……」

苛立ちを募らせるルキアスを手で制して黙らせ、国王は続けた。

「ルキアスは王としてこの国を背負う身だ。国のためにも、政治的な繋がりの婚姻は避けられない。ルキアスが正妃や他の妾を迎えても、心は揺るがないか？」

ユアンはすぐには答えられなかった。女性と仲睦まじく過ごすルキアスを脳裏に思い浮かべただけで、心に動揺が広がっていく。

「……正直に言えば、平静でいられるかどうか、分かりません。でも、そうでなければルキアスの側には居られないというのなら、受け入れられるよう、努力します」

これが、今のユアンが言える精一杯だったのだが、国王にとっては満足のいく答えではなかったらしい。眉間に皺を寄せ、厳しい顔つきのままでいる。

「父上、何度も申し上げていますが、私はユアン以外の妃も妾も、いりません。もし父上の一存で妃を宛がわれたとしても、その妃が私の子を宿すことはないでしょう。そんな立場に追いやられる妃が、気の毒です」

「ルキアス……」

「そういえば、アルワド共和国の大統領は、男性同士でご結婚されているのではなかったかしら？　それも、アルファとオメガだったと思いますけれど……」

不意に、王妃の明るい声が、ルキアスと国王の重い空気を打ち破った。

「共和国は私たちとまるで考え方が違う。私たちには当てはまらない」

国王は渋い顔でその発言を打ち消そうとするが、王妃は不思議そうに首を傾げた。

「そうでしょうか。それなら何故、各国の貴族たちは子息を共和国に留学させるのですか？　先進的な考えを学ばせたいからではなくて？　それに、男のオメガが妃になれないなんて決まりは、聞いたことがありません。法典にもそんな記載はありませんでしたわ」

法典を調べたと言われて、国王は途端に歯切れが悪くなる。

「王妃よ、常識の話をしているのだ。当たり前のことは、法典には載っていない」

「あら。でも、国によって常識は変わるものでしょう？　一夫多妻が非常識の国だって、あるではないですか」

「だ、だが……」

「王子同士、身分違いではないのですし、お互いに愛し合っているのなら、いいのではありませんか。ユアンさんは留学先で、ルキアスと常に首位を争っていたほど優秀だったと聞いています。様々な能力に秀でた者を妃としてきた、アフタビアの伝統とも合うでしょう。それとも、ユアンさんがダルレ出身なのがお気に召さないの？」

突然の援護を受けてぽかんとしていたユアンに、王妃は申し訳なさそうな視線を向けてくる。

「ごめんなさいね。この人、学生時代からあなたのお父様とは仲が悪いのよ」

父とアフタビア国王が同級生だったとは初耳だが、この二人では、確かに気が合わないに違いない。

「あなたとルキアスが上手くいっていない様子だったので、私は陛下が二人の仲を反対なさるのに、異を唱えませんでした。でも……」

ルキアスとユアンを交互に見遣って、王妃は優しい笑みを口元に浮かべた。

「私は王妃という立場にいると同時に、子を想う一人の母でもあります。母として、ルキアス、あなたには幸せになって欲しいわ」

「……母上」

「ユアンさんには今日初めて会いましたけど、きっと、大丈夫ね」

一つ頷いてユアンに微笑みかけ、王妃は国王に向き直った。

「陛下。アフタビアは大国で、陛下の治世は安定しています。妃の後ろ盾は、必ずしも必要ないでしょう。それに、男とはいえ、オメガは子を産めます。アルファと番ったオメガは、強いアルファを産むと聞きますし……そんなに反対ばかりせずに、猶予を与えてもよろしいのでは？」

王妃に諭されて、国王は「むう」と唸ったきりしばらく黙り込んだ。

「そなたは、ユナとユアン、どちらとして生きていくつもりだ」

ユアンは背筋を正した。

ユナとして生きていくなら、これから死ぬまで性別も、出自も偽らなければならない。反対に、ユアンとして生きていくのならば、ユアンの死が虚偽であったことを公表することになる。それと同時に、ダルレ王国の王族からオメガが出たことが、広く世間に知れ渡ることになるだろう。

後者は、権威と体面を重んじる父と兄が一番恐れていることに違いなかった。ユアンとして生きるということは、すなわち、祖国と縁を切るということと同義だった。

あんな国であっても愛していた。だが、今は、それよりも大切な物がある。

「私は、ユアンとして生きていきたいと思っています」

ユアンは国王を真っ直ぐ見つめてそう告げた。

「オメガであっても、私は私です。葬られて別の人生を生きるのではなく、差別を受けたとしても、『ユアン』として生を全うしたい」

「ダルレの王子という立場を捨て、アフタビアのために生きる覚悟はあるのか」

「はい」

「……ならば、もう聞くことはない。好きなように生きよ」

王の言葉に、ユアンは目を瞬かせる。

ユアンが、ルキアスの側にいることを、認めてくれるということだろうか。

ルキアスを見ると、ルキアスも驚いた顔でこちらを見つめている。

「五年経っても世継ぎが生まれなければ、ルキアスには妃を娶らせる。これ以上の譲歩はできない」

「それはつまり、ユアンを正妃として認めてくださるということですか」

「ルキアス、そこまでは……」

そんな大それたことまでは、望んでいない。ユアンは戸惑いながら、繋いだルキアスの手を、諌めるように引いた。

だが、ルキアスは王から視線を逸らさない。

「認めたわけではない。だが、猶予は与えよう。正妃としたいなら、私や重臣達を認めさせてみせろ」

国王は繋がれた二人の手をじっと見つめ、不本意そうにそれだけ言うと、ルキアスとユアンに退出を促した。

二人無言のまま、連れだって、王太子宮までの廊下を歩く。

思ってもいなかった展開に、まだ頭が追いついていなかった。

「ルキアス、やっぱり、正妃だなんて、俺には」

不安が勝って「無理だ」と言いかけたユアンに、ルキアスは立ち止まり真剣な目を向けた。

「俺の側にいると決めてくれたのなら、この国の最高位を望んでほしい。……それとも、責任を共に負うのは、嫌か？」

聞かれて、ユアンはハッとした。

ずっと、「正妃」など自分の身の丈に合わない、ルキアスと共にいられるのなら身分などどうでもいいと、そう思っていた。

でも、自分はただルキアスの側にいたいわけではない。

国は違えど、同じ王子として肩を並べ、困ったときは助け合うのだと、かつてユアンは夢見ていた。居場所や立場は変わってしまったが、この先ユアンがやりたいことは、あの時の夢と何も変わっていない。

いずれこの国の王となるルキアスと共に同じ世界を見て、支え合って生きていきたい。

ルキアスの隣を、「正妃」を望むということは、そういうことなのだ。

ようやくそれに思い至り、ユアンはルキアスの目を真正面から見返した。

「……望むよ。ルキアスの隣に、ずっと立っていたいから」

答えると、ルキアスはふっと顔を綻ばせた。

「それでこそ、ユアンだ」

そう言いながら、肩に手を回してくる。

ぐっと引き寄せられるその仕草が、まるで学生時代に戻ったかのようで、何だかひどく懐かしい気持ちになる。

肩を寄せ合い、回廊を歩きながら、ユアンは自分の腹にそっと手を当てた。

「でも……、子供なんて、本当に、できるんだろうか」

「できるまで愛し合えばいい」

何でもないことのように言われて、ユアンは耳まで赤くなる。

「簡単に言うなよ。俺は転性オメガだし……。転性オメガは、生まれついてのオメガと比べて子供ができにくいって、本にあった」

「不安か？」

ルキアスが歩を止め、つられてユアンもその場に立ち止まる。

「それは……。だって、五年経ったら……」

「もし五年後に子供がいなくても、ユアン以外を娶るつもりはない。世継ぎの問題など、どうとでもなる」

ルキアスがきっぱりとした口調で囁く。

実際には、そんなに簡単な問題ではないだろう。だが、何よりもユアンが大切だと言ってくれる気持ちが、ただただ、嬉しい。

愛情がとめどなく溢れてきて、ユアンはルキアスの首に腕を絡ませると、伸び上がってルキアスの唇に自分のそれを押しつけた。

「……え？」

目を見開き、何をされたか反芻した次の瞬間、ルキアスは真っ赤になった。

ユアンはぱっとルキアスから離れ、足早に歩き出す。

「ちょ、待て！　ユアン？　今、今……」

ルキアスに追いつかれないよう、ユアンは小走りになった。

口元を手の甲で覆う。思っていたよりも恥ずかしくて、顔がみるみる赤くなっていくのが自分でも分かる。

「ユアン、もう一度、して欲しい」

「嫌だ」

「ユアン」

「嫌だって」

そんな押し問答を繰り返していたら、痺れを切らしたルキアスに抱き込まれ、首筋に唇を寄せられた。

背筋がぞくりと粟立ち（あわだ）、続きを求めて下肢が疼き始める。発情期はまだ先のはずなのに、

おかしい。

唇にキスされそうになったのを押しとどめ、ユアンは俯いた。

「へ、部屋に戻ったら、してもいい」

消え入りそうな声でそう告げる。

妙に甘えた響きになってしまい、ユアンは続く沈黙に居たたまれなくなった。

とても、自分の発言とは思えない。

「や、やっぱり、今の……」

なかったことに、と言いかけたのを遮って、不意に凄い力で手を取られる。

ルキアスは無言のまま、ユアンを引きずるように大股で歩き出した。

「ル、ルキアス?」

呼びかけても、返事はない。

繋いだ手のひらが緊張で汗ばみ、ユアンはもつれそうになる足を必死に動かした。

転がり込むようにルキアスの私室に戻り、寝台の、天蓋の中へと連れ込まれる。

立ったまま腰を抱き寄せられ、至近距離で目を覗き込まれる。思わずふいと目を逸らすと、「ユアン」と強請るように名前を呼ばれ、指先で唇をなぞられた。

部屋に戻ったらしてもいいだなんて、言わなければよかった。

不意打ちでもなく自分からキスをするなんて、羞恥のあまり顔から火が出そうだ。

それでも、自分から言い出したのだから、しないわけにはいかない。うるさいくらい心臓を高鳴らせながら、ユアンはおずおずと、ルキアスの首に腕を絡ませた。

逃さないと言いたげに、ルキアスが腰を抱く腕に力を込める。

心臓があり得ないほどの大きな音を立てている。

躊躇いながら唇を寄せ、ルキアスの唇に、そっと触れるだけのキスをする。

すぐに離れようとしたのに、うなじに手を回されて、逃げられなくされる。

重ねるだけだった口づけはいつしか深くなり、気付けばユアンは夢中でルキアスにしがみついていた。

「ユアン、抱きたい。いいか?」

長い長い口づけのあと、ルキアスは焦れたようにユアンの耳元でそう囁く。

綺麗な碧色の瞳が、期待と不安に揺れていた。

「いいよ……」

頷くなり、顎をとられて上向かされた。唇が触れあう瞬間に、そっと目を閉じる。

軽く唇を合わせるだけでも、幸せだと思った。

自分も、ルキアスも、まるで初めてキスをする少年のように震えていた。時折上手くいかずに、歯が当たったりタイミングが合わなかったりしてしまう。

二人して首を傾げ、笑い合い、またキスをする。

「ルキアス……。俺を、ルキアスの番に、して欲しい」

自然と、ユアンはそう口にしていた。

自分からこんなことを言う日が来ようとは、半年前には想像もしていなかったが、もう迷いはなかった。

驚きを隠せない様子で、ルキアスはまじまじとユアンを見つめる。

「本心から、そう思っているのか？」

ルキアスがユアンのうなじを撫でた。

「ここを噛んだら、俺が死ぬまで他の誰とも番えなくなる。後で嫌だと泣いても、元には戻せないんだぞ」

「分かってる」

しっかり頷いても、ルキアスは不安気だった。

言葉にしても、上手く気持ちが伝わらないもどかしさに、ユアンは焦れた。

「ちゃんと、分かっているよ。マーハトヤ国王にうなじを噛まれたときも、ヨラに毒薬を飲まされて死にそうになったときも、頭に浮かぶのはルキアスのことばかりだった。大切にしてくれたのに、ずっと傷つけてばかりで、ごめん。……ルキアスのことが、好きだ。だから、ルキアスと、ちゃんと番になりたいんだ」

言い終わるか終わらないかのうちに、ユアンはルキアスの腕に強く強く抱き竦められた。

その広い背中にそっと手を伸ばし、ユアンも抱擁を返す。

「初めて会った時から、今でも、ずっと、好きだ」

そう言ってから、ルキアスは抱擁を解き、ユアンの頬を両手で包んだ。

額と額をくっつけ、ひとつ、大きく息を吐く。

「俺の唯一無二の番に、なってくれるか?」

「……はい」

まるで結婚式の誓いのようだ。

感極まって思わず零れてしまった一筋の涙を、ルキアスの親指が優しく拭ってくれる。

顔を見合わせ、笑い合ってから、ルキアスはユアンを寝台に座らせた。

隣に座ったルキアスが、ユアンの腰を抱く。ゆったりとした作りの服の胸元から手を入れられ、素肌を撫でられると、ユアンの緊張が急速に高まった。

もう何度もしているが、明るい日差しの中で、理性を保ったまままそういうことをするのは初めてで、どうしたらいいか分からなくなる。

「ル、ルキアス、あの……」

「嫌がっても、やめない」

熱い吐息と共に耳元でそう囁かれて、ユアンは動揺した。

「……せ、せめて、部屋を、暗くしてほしい」

恥ずかしさのあまり泣きそうになりながら懇願すると、ルキアスは一瞬固まった。

ややして、口元に笑みを浮かべ、ユアンから手を離す。

ルキアスが部屋の全てのカーテンを閉めて回り、部屋の中が次第に薄暗くなって行くと共に、心臓の高鳴りも大きくなる。

戻ってくるなり、ルキアスはユアンをそっと寝台に押し倒した。

身構えることもできないまま、すぐに深いキスをされる。

空気が足りなくなって意識を失いそうになるくらい、ルキアスのキスは長く、情熱的だった。

唇が離れた時には、全力疾走の後のように息が上がっていた。

ルキアスの手が首筋から肩へ、肩から胸へと辿り、ユアンの服を脱がせていく。

あっという間にユアンの上着を取り去ったルキアスが、首飾りを見て手を止めた。

「ログが、集めてくれたんだ」

「……そうか」

表情を綻ばせ、ルキアスは中心にある碧の石を指でなぞった。

「首飾りを壊して、ごめん……」

ぽつりと呟くと、ルキアスはそれをユアンの首から外しながら首を振る。

「つけてくれて、嬉しいよ」

まだ謝り足りないユアンの言葉を奪うように、ルキアスはその唇を塞いだ。

下衣に手をかけられ、ユアンは自分ばかりが乱されていくことに焦った。

「ルキアスも、脱げよ」

訴えると、ルキアスは寝台にあぐらをかいて、素直に上着を脱ぎ捨てた。

浅黒い、筋肉のついた上半身が露わになり、ユアンはドキリとする。

多くの女性がルキアスに憧れる理由が、今なら分かる。彼は同じ男として妬ましいくらい、魅力的な身体をしていた。

「下も？」

おどけて聞かれ、頷くと、ルキアスはあっさりと下衣も下着も取り去った。

どうしてもルキアスの中心を意識してしまい、ユアンはこくりと喉を鳴らす。

自分のものとは、まるで違う。

太く長く、カリの張ったルキアスの雄は、既に雄々しく立ちあがっていた。

まだ何もしていないのに、自分のことを考えただけでそうなっているのだろうか。

愛おしい気持ちがこみ上げてきて、ユアンは手を伸ばした。

熱く滾った欲望にそっと指を絡めると、ルキアスはびくりと身体を揺らす。

自分の手に反応してくれるのが嬉しい。手を上下させると、ルキアスの雄はますます硬くなり、鈴口から透明な液を零し始めた。

もっとルキアスを気持ちよくさせてあげたい。そう思ううち、気付けばユアンは自ら雄に唇を寄せ、ルキアスの鈴口を濡らすそれを舌先で舐めとっていた。少し苦いが、思ったよりも嫌悪感はない。

「ユ、ユアン！　いきなりそんなこと、しなくていい」

驚いたルキアスがユアンの肩を押し、やめさせようとする。

それを無視して、ユアンはルキアスの雄に舌を這わせた。

ルキアスの慌てぶりが、妙に心地いい。

ユアンは戸惑うルキアスを見上げた。

「嫌々しているわけじゃない。今までとは違うんだし……。俺だってされるばかりじゃなくて、ルキアスを気持ちよくしたい。嫌か？」

ルキアスがうっと言葉に詰まり、顔を赤くして観念する。

「嫌なわけ、ない」

その答えに満足して再び顔を伏せると、ルキアスはおずおずとユアンの髪に指をくぐらせた。

思い切ってルキアスの猛った雄を咥え、できるだけ喉の奥へと受け入れてみる。ルキアスのそれは大きく、口の中に全て収めるのは難しかった。

自分がされたら、と想像しながら、裏筋やカリに舌を這わせると、ルキアスはビクッと下腹を跳ねさせた。鈴口から塩気のある液が零れ、口の中の雄が更に質量を増した気がした。

少し苦しいが、感じてくれているのは嬉しい。

ゆっくりと頭を前後に動かしてみる。

じゅぶじゅぶという卑猥な水音と、みるみる固くなっていく雄に、ユアンの身体も熱を帯びていく。

飲み込めずに口から溢れた唾液が、喉を伝ってシーツに染みを作る。

ルキアスの息は次第に荒くなった。どんな顔をしているのか見たくなり、上目遣いで見上げる。目が合った瞬間、ルキアスは息を呑み、不意に強い力でユアンの頭を下肢に押しつけた。

ルキアスの雄が喉の奥を突く。

「……っ、んんっ」

息苦しさに首を振ると、ルキアスはハッと我に返り、慌ててユアンの頭から手を離した。

「すまない。大丈夫か？」

「今のは酷い」

息を整えながら文句を言うと、ルキアスは眉尻を下げた。

「お前の顔があまりにも可愛くて、その、抑えきれなくなった」

ルキアスの手が伸びてきて、ユアンの口元を拭う。

自分は今、どんな顔をしていたのだろう。我に返り、ユアンは途端に恥ずかしくなった。

「つ、……続き、する？」

目を逸らし、ユアンはしどろもどろに、反り返るほどに勃ち上がった雄に手を伸ばした。

「それよりも、ここで繋がりたい」

手を掴まれ、耳元で囁かれる。

同時に、背中から下着の中に潜り込んできたルキアスの手が双丘を掴み、割れ目に指を這わせて、後口をぐるりと撫でる。

いやらしいその感触に大きく身体を震わせると、ルキアスはユアンの腰を抱き寄せて膝の上に座らせ、無防備に晒されている乳首に吸いついた。

「あっ……」

あっという間に主導権を奪い返され、ユアンはルキアスの頭にしがみついた。

強弱をつけて舐られ、歯を立てられて、下肢に甘い痺れが走る。

男なのに、こんなところで感じるなんて恥ずかしい。

だが、柔々と舌で粒を転がされ、嬌声が漏れそうになってしまう。

隘路が雄を求めて疼き始める。とろりと零れた愛液が、後口を探るルキアスの指に纏わりついて、くちゅりと音を立てる。

指がゆっくりと潜り込んできて、内壁をなぞるように動き始めた。

久しぶりに受け入れるせいか、そこはきつく収縮し、ルキアスの指を締め上げてしまう。

発火したように熱い互いの体温を感じながら、ユアンは快感に耐え、無意識にルキアスの肩を甘噛みした。

噛む度に、ルキアスの指が、ユアンの弱いポイントを何度も容赦なく責め立てる。

「ん、やっ、……あ」

腰を浮かせて逃げようとしても許してもらえず、それどころかさらに執拗に乳首を弄られて、ユアンは過度の快楽に身悶えた。

「ルキアスっ、も、そこばかり、やだ」

ユアンはルキアスの髪の毛を引っ張り、もうやめてほしいと訴えた。

ルキアスに噛まれ、吸われて舐られた乳首は、どちらもぷくりと赤く腫れてしまい、僅かな刺激にも腰が揺れてしまう。

息を荒げて顔を上げたルキアスは、肉食獣のような獰猛さを滲ませながら、のし掛かるようにしてユアンを押し倒した。

足を上げさせられて、下衣と下着をはぎ取られる。

恥ずかしさから閉じようとするユアンの足を、ルキアスは肩に抱え上げた。

「挿れても、いいか?」

甘えるように耳たぶを食まれながら聞かれ、ユアンは緊張に身体を強ばらせながら小さく頷いた。

理性を保ったまま抱き合うのは初めてのことで、男を身体の中に受け入れるのは、まだほんの少し、怖い。

怯えを見抜いたのか、ルキアスはユアンの顔にキスの雨を降らせてきた。

「ユアン、愛している。優しくするから、怖がらないでくれ」

諭すような言い方に、ユアンはムッとした。

「何だよ、優しくするって。別に、怖くなんかない」

精一杯虚勢を張って見せると、ルキアスは可笑しそうに笑った。

「それなら、自分で挿れるか？」

「じ、自分で？」

「そう。怖くないなら、できるだろ？」

意地の悪い眼差しで、ルキアスはユアンを促してくる。

固まっていると、体勢を入れ替えられ、ルキアスの下腹に座らされてしまった。

「ほら」

腰を上げるように言われて、ユアンは動揺する。自分からルキアスを受け入れ、腰を振るなんて、さすがにできない。

涙目でふるふると首を振る。ルキアスは苦笑し、身体を起こした。

太腿に手をかけられ、再び寝台に押し倒される。

内心ほっとしていると、ルキアスは笑いながらユアンの鼻を軽くつまんだ。

「っ、何するんだよ」

「ほっとしてるだろ」

「……そんなこと」

「まあ、楽しみは後にとっておくさ」

いつかはやってもらうと言いたげなルキアスを、ユアンは胡乱げに睨み付けた。

「……変態」

どう反応していいか分からず、悪態（あくたい）をつく。

「こんな程度で？　知ってはいたが、ユアンは初心なんだな。俺とのセックスに、この先お前が耐えられるか、心配だ」

「バカ、何させる気だよっ」

羞恥で真っ赤になりながら怒ると、ルキアスは不意に真顔になり、ユアンの唇を軽く食んだ。

「嬉しい。……一方的じゃなくて、こうやってお前と抱き合えるのが」

覆い被さってくる男の、真摯な眼差しを受け止めて、ユアンはこくりと唾を飲み込んだ。

自分は何に怯えていたのだろう。

この男は誰よりも、何よりも、ユアンを大切に思ってくれているのに。

これは、獣同士の交わりでも、欲求を解消したいだけの一方的な行為でもないのだ。ただ、好きだから抱き合いたいだけ。

緊張がほどけ、身体から余計な力が抜ける。

それが伝わったのか、ルキアスは「愛している」と嬉しそうに囁き、頬を撫でてくれた。

頷くと、ルキアスはゆっくりとその切っ先をユアンの中に沈めてきた。

「……っ、あ、ぅっ」

いつもよりも狭く、ぬめりも足りないそこを割り開くように、熱の塊が入ってくる。

「あっ、ま、まって」

カリが入り口をくぐった瞬間、ずるりと滑るように奥まで入れられて、ユアンは思わずルキアスの胸板に爪を立てた。

「ユアン、気持ちいい……」

吐息混じりにルキアスが囁き、ユアンの手に手を重ねる。

腰を引き、また押し込む動作を繰り返し、胎の中をいっぱいに満たしていく。

あまりの苦しさに、ユアンは切れ切れの息をついた。

他人を身体の中に受け入れるのは、こんなに苦しかっただろうか。

しかし、泣きわめきたくなるほどのつらさはやがて、震えるほどの快感へと変わっていった。

いつもの、理性が吹き飛ぶような訳のわからない快感ではなく、じわじわと心まで満たされていくような、そんな気持ちのよさだ。

繋がりが深くなればなるほど、下肢が甘く痺れ、ユアンから力を奪っていく。

「……ひっ、ん」

覚えのある場所で止まらず、さらにその奥まで深く深く入り込まれて、ユアンは瞳を揺らした。

「な、んで……？　い、いつもより、深っ」

自分でも知らなかった、最奥の柔らかな場所を、ルキアスの切っ先が強く抉る。

星が眼前に散り、ユアンは動揺のあまり逃げだそうとした。

しかし、ルキアスの腕に押さえ込まれて動けなくなる。

「ユアン、すまない。今日は、全部、挿れたい」

「な、何言って……」

「ユアンの身体の負担を考えて、今までは少し抑えていたんだ。でも……一番深いところで繋がりたい。許してくれ」

そう言うなり、ルキアスはユアンの奥を激しく突き上げてくる。

「あっ、やあっ」

もう限界なのにさらに押し込まれて、未知の恐怖と快感が、交互にユアンを翻弄した。苦しいのに、よくてよくてたまらない。下肢が甘く溶けてしまいそうだ。ルキアスの下生えがユアンの双丘にぴたりとくっつく。全てをユアンの中に収めて、ルキアスは甘い吐息を漏らした。

「俺だけが知っている、ユアンの、中だ……」

感極まった様子でそう言いながら、自分のモノが収まっているのを確かめるように臍のくぼみを弄り、腹部を手のひらで撫でてから、軽く腰を揺らす。

奥からじわりと溶かされるような刺激に、ユアンはひゅっと息を呑んだ。柔々とした刺激がもどかしく、もっと欲しいと奥が疼く。

そう思っていたら、突然ぎりぎりまで引き抜かれ、入り口を捏ねられた。

「やっ、抜かないでっ」

思わず縋ると、ルキアスは一気に奥まで雄を押し込んできた。

「やあっ」

奥を突かれた瞬間、再び身体中に広がった鮮烈な快楽に、ユアンは叫び声を上げた。

切っ先が当たるところに、快楽のつぼがあると知ったのだろう。ルキアスはユアンの足を更に開かせると、同じ場所を繰り返し突き上げた。

「あ、んっ、んぅ、」

自分のものとは思えない嬌声が零れる。

恥ずかしいのに、どうしても声を抑えることができず、ユアンは震える手を口元に当てた。

しかし、すぐにその手はルキアスに外されてしまう。

「なっ……、で、やだ、ぁっ」

「ユアン、可愛い。もっと聞かせて」

興奮を抑えきれない様子で、ルキアスが囁く。

身悶え、哀願し、無理だと泣き言を零してもルキアスは止まってくれず、「すまない」と「愛している」を繰り返すばかりだ。

奥を突かれる度に、全身に抗えない痺れが広がる。怖くて気持ちがよくて、ユアンはぐずぐずと泣きだした。

宥めるように額にキスが落ち、涙と汗をルキアスの手のひらが拭ってくれる。

「あっ……ん、ぅ、も、やだ……」

ルキアスの背中に縋りつき、ユアンはもう許して欲しいと本気で懇願する。

「……っ」

ルキアスが耐えきれないように息を呑んだ。

ユアンの懇願は逆効果だったようで、ルキアスは動きを止めるどころか、腰の動きを強く、速くする。

「あっ、な、なんで……！　あ、あぅっ」

今にも破裂しそうに震えながら、鈴口から絶えず蜜を零していたユアンの雄が、ルキアスの筋肉質な腹に押しつぶされる。

外からも中からも強い刺激を与えられた瞬間、頭の中が真っ白になった。

大きな波が押し寄せ、身体の中を愉悦が駆け抜ける。

ユアンは前から白濁を零し、二度、三度と身体を痙攣させた。

自分でも気付かぬまま強く雄を締め付けてしまい、ルキアスが苦しそうに眉根を寄せる。

指先に全く力が入らず、ユアンの手がルキアスの背中から滑り落ちる。

荒い息をつきながら、なかなか去らない快楽の余韻に浸っていると、ルキアスはユアンの中に雄を収めたまま身体を起こした。

猛ったままの雄は、ユアンの中で、一層硬く熱くなっている。

くったりとしたユアンの腰を掴んで、まるで中の動きを堪能するかのように、ルキアスはゆっくりと抜き差しを始めた。

「やっ、やあっ、いやだっ、ルキ、アスっ」

イッたばかりの身体に新たな刺激を加えられて、ユアンは声を震わせた。

猛り狂う雄を阻もうと、隘路がきつい収縮を繰り返す。だが、それはルキアスを喜ばせただけだった。

ルキアスが奥を突く度、押し上げられるように自分の雄から白濁が飛び、腹を淫らに濡らす。

さっきイッた時と同じ、いやそれ以上の快楽の波が何度も押し寄せて、ユアンの理性を攫っていく。

「ユアンの中を、汚しても、いいか？」

聞かれて、ユアンは視線をルキアスに向けた。

手を伸ばし、指先でルキアスの汗を拭って、頬に触れる。

「……汚すなんて、そんな言い方、するな。……ちゃんと、好きだから」

掠れた声で告げると、ルキアスは泣きそうな顔になり、ユアンに覆い被さってきた。

性急に最奥まで入り込んできた雄を、内壁が包み込み、締め付ける。息が止まるほどの口づけを交わしながら、堪えきれなくなって、ユアンはがくがくと腰を震わせた。

同時にルキアスも身体を震わせ、身体の奥に熱い奔流が流れ込んでくる。

一緒にイッたのだと分かり、ユアンの心が満ち足りていく。

「ルキアス……」

快楽に飛びそうな意識を何とか繋ぎながら、ユアンは顔を横向けてうなじをルキアスの眼前にさらした。

ルキアスはユアンの中に欲望の種を放ちながら、興奮を抑えきれない様子で、うなじに舌を這わせた。

すんと匂いを嗅ぎ、軽く歯を立てた後で、ぐっと噛みついてくる。

その瞬間、驚くほどの多幸感が全身に染み渡った。

痛みはない。むず痒い感覚だけが首筋を支配している。

自分たちの間に特別な絆ができたのだと、はっきり分かった。

どちらかが死ぬまで解消されることのない、強い、強い結びつき。

たとえるなら、お互いの指が、赤い糸で強く結ばれたかのような、そんな感覚だった。

幸せで幸せで涙が止まらないユアンに、ルキアスがそっと口づけをくれる。

言葉はなかった。けれど、ルキアスも静かに涙を流していた。

見つめ合い、笑い合って、またキスを交わす。

お互いにとっての唯一無二。

五年前の出会いからオメガへの転性まで、全ては今日こうなるための必然だったのかもしれない。

肌を合わせ、熱を分かち合いながら、ユアンはそう思った。

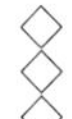

一年後の婚礼の儀に先立って、アフタビア王国は王太子の結婚を発表した。

妃は死んだとされていたダルレ王国第二王子のユアンであること、ユアンはオメガに転性したために存在を消されたことは、国内外に大きな驚きを与えた。

今はどこへ行ってもその話で持ちきりだ。

ダルレ王国はユアンに関する発表をアフタビア王国の謀略だと真っ向から否定したが、アフタビアが「ダルレの発言は、我が国への侮辱とみなす」と通達して以降は、不気味な沈黙を貫いている。

ユアンの暗殺未遂に関しても、兄は「ヨラが勝手にしたことで、国も私も関係ない」という姿勢を崩さなかった。

ヨラは裁判にかけられたが、ユアンの取りなしによって、死刑は免れた。

自害しようとしたヨラにとって、死は罰でも何でもない。それならば、ユアンの生き様を見届けさせる事の方が、よほどヨラへの罰になる。ユアンはそう考えたのだ。

王太子妃として国民に顔見せをする予定のバルコニーで、ルキアスと二人で手すりにもたれかかりながら、ユアンは首都ハサルガートの夕景に目を細めた。

ダルレよりはよっぽど進んでいるが、このアフタビアも、オメガが暮らしやすい国とは言いがたい。人知れず、苦しんでいるオメガはたくさんいるのだろう。

不幸なオメガがいなくなるように、まずはオメガに対するこの国の常識を変えたい。そして、一人でも多くの「幸福なオメガ」を増やしたい。

「ルキアス……。オメガが幸せに暮らせる世界は、作れると思う？」

ルキアスは真剣な顔で考え込んだ。

無理だと一笑に伏さないこの男が愛おしい。

「すぐには無理でも、百年後、二百年後にはそうなっているかもしれないな」

「そうだな。でも、誰かが始めなければ変わらない」

「変えたいのか？」

ユアンは頷いた。

「まずは違法に作られた抑制剤で命を失ったり、家畜以下の扱いを受けるオメガを、少しでも減らしていきたい」

「奇遇だな。俺も、同じ事を考えていた」

ルキアスはいつからそんなことを考えていたのだろう。

目を丸くするユアンに、ルキアスは少しバツの悪そうな顔をした。

「ユアンのことがきっかけで、オメガの現状を色々知るようになった。恥ずかしい話だが、アフタビアは他国に比べ二歩も三歩も遅れを取っている。それを、変えたいと思っている」

「……じゃあ、手伝ってくれるか？」

「もちろん」

「アルファからの反発はあるだろうし、近年稀に見る愚王って呼ばれるかもしれないぞ」

「そうだとしても、二百年後には、功績を認められて『賢王』に変わっているさ」

さらりと言い放ったルキアスに、ユアンは顔を綻ばせた。

ルキアスのこういう前向きなところが、昔から、とても好きだ。

「妃の立場だと、あまり自由にはできないか……。慈善団体の立ち上げなら、許される？」

「それは構わないが、いつから始めるつもりだ？」

「可能なら、すぐにでも」

「待て、慈善団体の立ち上げは賛成だが、すぐに始めるのはだめだ」

「どうして？」

「没頭して、王太子宮に戻ってこなくなるだろう？」

渋い顔をするルキアスに、ユアンは思わず声を上げて笑ってしまった。

でも、そうならないとは言い切れない自分がいる。

「ただでさえ、最近は母上や姉上達に呼ばれたとかで、王太子宮にいないことが多くなったのに……」

「文句を言うなよ。オメガで男の珍しい妃が蔑ろにされないように、皆気を遣ってくださってるんだから」

「それは分かっている。が、二日と空けずでは、いくらなんでも頻繁すぎる。それに仕事が加わってみろ。新婚早々、俺を一人にする気か？」

駄々っ子のようにユアンを背後から抱き締めて、ルキアスはこめかみにキスをしてきた。

「ちょっ、外ではそういうことはしないって、約束しただろう」

慌てて押しのけると、ルキアスは軽く肩を竦めた。

「誰も見てない」

「アーロが見てる」

学生時代からのことを全て知られているアーロに、今の恋に浮かれた姿を見られるのは、少し気恥ずかしい。

背後を振り返るが、アーロは感情の読めない笑顔を浮かべてふいと目を逸らした。

「結婚も公表したし、今更誰も気にしない。少しくらい……」

「だめだ」

頭が固いのは分かっていても、こればかりは性分なのでどうしようもない。

ルキアスが恋人とベタベタしたいタイプなのは知っている。

けれど、寝室では好きにさせているのだから、それで許して欲しい。

慰めるように頭を撫でてやると、ルキアスは単純にも嬉しそうな顔になった。

普段は堂々としていて近寄りがたいくらいなのに、自分といる時はまるで子供だ。

ルキアスがユアンの手に手を絡めてきた。

どちらからともなく顔を見合わせ、笑い合う。

お互いにとっての唯一無二。

あの日、留学先の学校で出会ったあの時から、きっと運命は動き出していたのだ。

初めて顔を合わせた日のことを思い出しながら、ユアンはルキアスの手をぎゅっと握り返した。

おわり

■あとがき■

こんにちは、はじめまして。尾上セイラと申します。

このたびは「花は運命に狂い哭く―転性オメガバース―」をお手に取っていただき、ありがとうございました。

第二の性によってそれまでの関係性が崩れてしまう二人のお話でしたが、楽しんでいただけたでしょうか。

なんと、これが五冊目の本になります。「海辺のライムソーダ」の出版が決まったときの自分に話しても、信じてもらえないかもしれません。とても嬉しいです。読んでくださる皆様のおかげですね。本当にありがとうございます。

完全に異世界のお話を書くのは、今回が初めてでした。

国が変われば文化が変わり、言葉も風習も、衣服も家の造りも、何もかもが違う。そんな彼らの生きている世界を考えるのは楽しくもあり、大変でもありました。

完全に一から構築するのは私には難しく、それぞれの国は現存するいくつかの国をモデルにしました。登場人物の名前や都市名なども、そのモデルとなった国で使われている言葉から名付けたものです。

このお話を書いている最中、世の中には病気が蔓延し、私たちの生活は一変してしまいました。

大好きな海外旅行にも行けなくなり、仕事も変更に次ぐ変更で、未だに落ち着きません。でも、最近は、少し気持ちに変化がありました。

それは、以前よりも、「お話を書きたい！」という気持ちが強くなったこと。

私たちは想像の世界でどこへでも行ける、と思えるようになってから、書きたいことが頭の中で渋滞しています。

イラストをご担当くださったひゅら先生。いただいた絵を毎日眺めています。素敵なイラストをありがとうございました。

編集様、出版社の皆様、その他、この本の制作に関わってくださった皆様。今回も色々ご迷惑をおかけしてしまいました。申し訳ありません。そして、ネガティブになりがちな私に根気強くお付き合いいただいて、ありがとうございました。

最後に、家族と、この本を手にしてくださった方へ。皆様がいるから、がんばれています。いつもありがとうございます。

この先どうなるかは分かりませんが、いつかまた、みなさまに本をお手に取っていただけますように。

二〇二一年　二月　尾上セイラ

初出
「花は運命に狂い哭く ―転性オメガバース―」書き下ろし

この本を読んでのご意見、ご感想をお寄せ下さい。
作者への手紙もお待ちしております。

あて先
〒171-0014東京都豊島区池袋2-41-6
第一シャンボールビル 7階
(株)心交社　ショコラ編集部

花は運命（さだめ）に狂い哭く
―転性オメガバース―

2021年3月20日　第1刷

著　者:尾上セイラ
発行者:林 高弘
発行所:株式会社　心交社
〒171-0014　東京都豊島区池袋2-41-6
第一シャンボールビル 7階
(編集)03-3980-6337 (営業)03-3959-6169
http://www.chocolat_novels.com/
印刷所:図書印刷 株式会社

王子と野ばら

尾上セイラ
イラスト・サマミヤアカザ

**私が飽きるまで、
私を楽しませるのがお前の仕事だ**

父亡き後、相馬家で使用人同然の扱いを受けていた妾腹の継太は、非公式に相馬家を訪れたシュヴァルツブルク王国の第二王子・コンラートに気に入られ、彼のお付きとして国に同行することになる。だが城に着いた日の夜、コンラートに身体の自由を奪われ無理やり抱かれてしまう。怒りに震える継太に、彼は白けたように異母兄から「どう扱っても構わないと言われている」と信じられないことを言い…。

海辺のライムソーダ

尾上セイラ
イラスト・みずかねりょう

今夜だけ、僕を恋人にしてくれない?

大学三年の春休み。桂木照彰は親友に誘われ互いの恋人とともにタイ旅行へいくが、恋人は照彰を裏切り親友と日本へ帰ってしまう。二人の行動が信じられず鬱々と恋人の迎えを待っていると、滞在するホテルのオーナー・ケンに話しかけられる。事情を知った彼に強引に連れ出され一緒に過ごすうちに、照彰は知らずケンに心惹かれていく。けれどその気持ちは自分自身を裏切るように感じられ、照彰は目を背けるが——。

聖邪の蜜月

聖邪は聖獣を育て、愛を知る——

奴隷市で売られ「神の愛し子」として聖職者に犯された過去をもつアシュは、偽聖職者として人を欺いて暮らしていた。ある日、絶滅したはずの聖獣の卵を拾い、生まれた仔にサージと名付け、育てることを選択する。純粋なリージを育てる生活のなかで彼の存在は唯一無二となる。人型にもなれるサージは美丈夫に成長した。性を知らなかったはずの思春期の彼がアシュに乗りかかり「アシュが欲しい」と迫ってきて…。

安西リカ

イラスト・yoco